GOLDMANN

Buch

Lula Pace Fortune ist jung, und sie weiß, was sie will. Weil ihre Mutter die Beziehung unterbinden will, flieht sie mit dem Exsträfling Sailor Ripley von zu Hause fort. Seitdem fahren sie, verfolgt von dem Privatdetektiv John Farragut, den ihnen Lulas Mutter nachhetzt, in ihrem 75er Bonneville Cabrio quer durch den amerikanischen Süden – von North Carolina über New Orleans bis in das Dreihundertseelendorf Big Tuna in Texas, wo ihre Reise ein plötzliches, bitteres Ende findet. Einen kurzen, heißen Sommer lang durchleben Sailor und Lula die große Freiheit und das große Glück: unbeschwerte Tage der Fahrt durch die Weiten des amerikanischen Südens mit kurzen Pausen an schäbigen Tankstellen und in Fast-Food-Restaurants; und heiße Nächte in billigen Absteigen und Motels, in denen sie bis in den Morgen miteinander reden und sich lieben. Es ist für beide eine Reise in ein flüchtiges Glück – und eine Reise zu sich selbst.

Wild at Heart – das ist eine zärtliche, bizarre und melancholische Geschichte über die Wildheit der Leidenschaft und den Aufstand der Herzen. Gerade die offene und doch zartfühlende Art, wie hier über Erotik, Sex und Sinnlichkeit geschrieben wird, hat den amerikanischen Filmregisseur David Lynch (*Der Elefantenmensch, Blue Velvet* u. a.) so bestochen, daß er *Wild at Heart* zur Vorlage für seinen neuen, auf den Filmfestspielen in Cannes mit der *Goldenen Palme* ausgezeichneten Film gemacht hat.

Autor

Barry Gifford wurde 1946 in Chicago geboren. Er ist mehrfach preisgekrönter Autor mehrerer Romane, Gedichtbände, Sachbücher und einer Essaysammlung.

Wild at Heart wurde von David Lynch mit Nicolas Cage, Laura Dern, Harry Dean Stanton, Isabella Rosselini und Willem Dafoe in den Hauptrollen verfilmt.

Inzwischen hat Gifford die Geschichte von Sailor und Lula in drei kurzen Romanen weitererzählt, und auch David Lynch plant einen weiteren Sailor-&-Lula-Film.

Barry Gifford lebt mit seiner Frau und zwei Kindern in Berkeley, Kalifornien.

BARRY GIFFORD

Wild at Heart

DIE GESCHICHTE VON SAILOR & LULA

ROMAN

Aus dem Amerikanischen von
Sonja Winner

GOLDMANN VERLAG

Deutsche Erstveröffentlichung
Die amerikanische Originalausgabe erschien 1990 unter dem Titel
»Wild at Heart: The Story of Sailor and Lula«
bei Grove Weidenfeld, New York

Der Goldmann Verlag
ist ein Unternehmen der Verlagsgruppe Bertelsmann

Made in Germany · 10/90 · 2. Auflage

Umschlaggestaltung: Design Team München
Umschlagfoto: Senator Film, München
Satz: IBV Satz- und Datentechnik GmbH, Berlin
Druck: Elsnerdruck, Berlin
Verlagsnummer: 9878
Lektorat: Eckhard Hooge/Georg Reuchlein
Herstellung: Peter Papenbrok/SC
ISBN 3-442-09878-5

*Dieses Buch
ist der Erinnerung an
Charles Willeford
gewidmet*

»Du brauchst einen Mann,
mit dem du durch
die Hölle gehen kannst.«

(Tuesday Weld)

Mädchen unter sich

Lula und ihre Freundin Beany Thorn saßen an einem Tisch im *Raindrop Club* und tranken Cola mit Rum. Sie lauschten einer weißen Bluesband, die sich *The Bleach Boys* nannte. Nach Elmore James' »Dust my Broom« glitt die Gruppe ohne Pause über zu Robert Johnsons »Me and the Devil«, und Beany stöhnte auf.

»Ich kann diesen Sänger nicht ausstehen«, sagte sie.

»Ach was, so übel ist er auch wieder nicht«, sagte Lula. »Immerhin trifft er die Töne.«

»Schon möglich, aber er sieht einfach grauenhaft aus. Diese Jungs mit Bart und Bierbauch sind nicht gerade mein Typ.«

Lula kicherte. »Du hast doch von Tuten und Blasen keine Ahnung; wundert mich, daß du überhaupt den Mund so voll nimmst.«

»Also hör mal, mir kann keiner erzählen, daß sich dieser ganze Wabbelpudding Punkt Mitternacht in steifes Fleisch verwandelt. Das wäre eine glatte Lüge.«

Lula und Beany lachten und griffen nach ihren Gläsern.

»Hab gehört, Sailor ist bald wieder draußen«, sagte Beany. »Triffst du ihn?« Lula nickte, knackte mit den Backenzähnen einen Eiswürfel und zerkaute ihn.

»Ich hol ihn vom Tor ab«, sagte sie.

»Wenn ich nicht so 'nen Haß auf die Männer hätte, würde ich dir von ganzem Herzen Glück wünschen.«

»Kann ja nicht jeder der perfekte Ehemann sein«, sagte Lula. »Dein Elmo hätte dieser anderen wahrscheinlich auch nie ein Kind gemacht, wenn du ihn nicht vorher vor die Tür gesetzt hättest.«

Beany wickelte sich die blonden Ponyfransen um den Finger. »Mit einer Achtunddreißiger hätt ich ihm eins vor den Latz knallen sollen, das wäre klüger gewesen.«

Die Bleach Boys wechselten den Rhythmus zu irgendeinem Uralt-Mambo, und Beany schnappte sich die Bedienung.

»Noch zwei Doppelte mit Cola«, sagte sie. »Schau dir dieses Luder an, Lula, wie die mit dem Hintern wackelt.«

»Die Bedienung meinst du?«

»Na klar, ich schwör dir, wenn ich so ein Hinterteil hätte, dann hätte Elmo seinen Pfropfen bestimmt nicht in jedes zweite Loch diesseits des Tangipahoa reingesteckt.«

»Da wär ich mir nicht so sicher«, sagte Lula.

Beany Augen füllten sich mit Tränen. »Und wenn schon«, sagte sie, »jedenfalls würde ich wer weiß was drum geben – vielleicht sogar meine Valium –, wenn ich nur ein winziges bißchen mehr da hinten dran hätte, verstehst du?«

Herz aus Stein

Sailor und Lula lagen in ihrem Bett im Cape-Fear-Hotel und lauschten dem Knacken des Deckenventilators. Aus ihrem Fenster blickten sie auf den Atlantik und die Flußmündung; sie konnten den Fischern zusehen, wie sie ihre Boote durch den engen Kanal manövrierten. Es war Ende Juni, und doch blies ein leichter Wind. »Nicht unangenehm«, wie Lula sich ausdrückte.

Ihre Mutter, Marietta Pace Fortune, hatte ihr strengstens untersagt, Sailor Ripley jemals wiederzusehen, aber Lula dachte überhaupt nicht dran, sich an das Verbot zu halten. Schließlich, so meinte Lula, hatte Sailor seine Schuld an der Gesellschaft abbezahlt – wenn es überhaupt eine war. Im Grunde hatte sie nie ganz eingesehen, warum jemand ins Gefängnis mußte, weil er einen getötet hatte, der ihn umbringen wollte. Und dann nannte man das Ganze auch noch Wiedergutmachung an der Gesellschaft!

Der Gesellschaft, so dachte Lula, ging es ohne Bob Ray Lemon mit Sicherheit nicht schlechter. In ihren Augen hatte Sailor der Menschheit einen guten Dienst erwiesen, auf kurze wie auf lange Sicht, und er hatte weiß Gott eine bessere Belohnung verdient als zwei Jahre »Pee Dee«, das Arbeitslager unten am Fluß, für Totschlag im Affekt! Eher so was wie eine mehrwöchige Pauschalreise für Sailor und eine Begleitung seiner Wahl – Lula natürlich – nach New Orleans oder Hilton Head, mit allen Schikanen. In einem Hotel der Spitzenklasse, Mietwagen vor der Tür, vielleicht ein nagelneues, flottes Buick LeBaron Cabrio. Das hätte ihr eingeleuchtet.

Statt dessen muß der arme Sailor zwei lange Jahre den Dreck von der Straße kehren, sich mit Schlangen herumschlagen und diesen Fraß essen, der immer und ewig nach altem Fett schmeckt. Nur weil Sailor einen Sekundenbruchteil schneller war als diese Ratte Bob Ray Lemon, wird er dafür bestraft. Die

Welt hat wirklich ein Herz aus Stein und eine matschweiche Birne obendrein, dachte Lula. Aber sei's drum, Sailor war jetzt draußen, und er war immer noch der Meister aller Klassen im Küssen, und was Mrs. Marietta Pace Fortune nicht rausfand, konnte sie kaum heißmachen, oder?

»Wenn wir schon gerade von rausfinden reden«, sagte Lula zu Sailor. »Hab ich dir geschrieben, wie ich Großpapas Briefe in dem Schreibtisch auf dem Speicher gefunden habe?«

Sailor stützte sich auf die Ellbogen. »Haben wir miteinander geredet?« sagte er. »Im übrigen nein.«

Lula schnalzte mit der Zunge. »Ich hab ehrlich gedacht, ich hätte was gesagt. Aber ich hab mich schon mal getäuscht. In letzter Zeit passiert mir das öfter. Ich denk an was, und hinterher bild ich mir ein, ich hätte laut mit jemand drüber gesprochen.«

»Dein Köpfchen hat mir wirklich gefehlt da draußen im Pee Dee, Liebling«, sagte Sailor. »Der Rest von dir natürlich auch. Aber dein Verstand, was da drin vor sich geht, das weiß einzig und allein der liebe Gott, das ist sein Geheimnis. Also wie war das mit diesen Briefen?«

Lula setzte sich auf und klemmte sich ein Kissen hinter den Rücken. Das lange schwarze Haar, heute nicht wie sonst nach hinten gebunden und zu einem Zopf geflochten, lag aufgefächert wie die Flügel eines Raben über dem himmelblauen Kopfkissen. Lulas große graue Augen faszinierten Sailor. Bei der Arbeit im Straßentrupp hatte er sie im Geiste immer vor sich gesehen und war in sie eingetaucht, als wären es große, kühle, graue Wasser, mit violetten Inseln in der Mitte. Nur das hatte ihn bei Verstand gehalten.

»Über Großpapa hab ich mir schon immer den Kopf zerbrochen. Mama wollte nie über ihren Daddy reden. Das einzige, was ich je über ihn erfahren habe, ist, daß er mit seiner Mutter zusammenlebte, als er starb.«

»Mein Daddy hat vor seinem Tod auch bei seiner Mutter gewohnt«, sagte Sailor. »Hast du das gewußt?«

Lula schüttelte den Kopf. »Nein. Keine Spur«, sagte sie. »Wie das?«

»Er war pleite, wie immer«, sagte Sailor. »Meine Mama war damals bereits gestorben, an ihrem Lungenkrebs.«

»Was hat sie denn geraucht?«

»Camel. Wie ich.«

Lula rollte ihre großen grauen Augen. »Meine Mama raucht jetzt Marlboros«, sagte sie. »Früher waren es mal Kools. Ich hab sie ihr geklaut, ab der sechsten Klasse. Als ich alt genug war, mir selbst welche zu besorgen, hab ich mir Kools gekauft. Seit kurzem bin ich bei den Mores gelandet, wie du vielleicht gemerkt hast. Die sind länger.«

»Mein Daddy war gerade auf Arbeitssuche, da wurde er auf der Dixie Guano Road, wo sie von der Vierundsiebzig abgeht, von einem Kieslaster überfahren«, sagte Sailor. »Die Bullen haben behauptet, er war betrunken – Daddy, nicht der Lastwagenfahrer –, aber ich schätze, denen ging's nur drum, ihren Fall abzuschließen. Ich war vierzehn damals.«

»O Sailor, Liebling, wie schrecklich.«

»Schon gut. Ich kannte ihn kaum. So was wie Erziehung hab ich eigentlich nie gehabt. Das hat der Pflichtverteidiger bei meinem Antrag auf Bewährung auch immer wieder gesagt.«

»Jedenfalls weiß ich jetzt«, sagte Lula, »daß der Daddy von meiner Mama bei der Bank, wo er angestellt war, Geld unterschlagen hat. Und dabei erwischt wurde. Er hat es nur für seinen Bruder getan, der hatte Tbc, ein echtes Wrack, konnte nicht mehr arbeiten. Großpapa bekam vier Jahre in Statesville, und sein Bruder ist gestorben. Er hat Großmama fast jeden Tag geschrieben, wie sehr er sie liebt. Aber sie ließ sich scheiden, noch während er im Knast saß, und sie hat nie wieder ein Wort über ihn verloren, zu niemandem. Sie hat sich einfach geweigert, seinen Namen auszusprechen. Trotzdem hat sie alle seine Briefe aufgehoben. Stell dir das mal vor! Ich hab jeden einzelnen von ihnen gelesen, und ich sage dir, der Mann *hat* diese Frau geliebt. Es muß ihm das Herz gebrochen haben, als sie sich weigerte, zu ihm zu halten. Aber wenn sich eine Pace einmal entschieden hat, dann gibt es kein Zurück mehr.«

Sailor zündete eine Camel an und reichte sie Lula rüber. Sie nahm sie, zog heftig daran, blies den Rauch in die Luft und rollte wieder die Augen.

»Ich würde zu dir halten wie eine Eins, Sailor«, sagte Lula, »wenn du mal was unterschlägst.«

»Teufel noch eins, Peanut«, sagte Sailor, »du hast zu mir gehalten, nachdem ich Bob Ray Lemon umgelegt habe. Das ist mehr, als ein Mann verlangen kann.«

Lula zog Sailor an sich und küßte ihn sanft auf den Mund. »Ich bin ganz gerührt, Sailor, ehrlich«, sagte sie. »Du bewegst was in mir, ganz tief da drin.«

Sailor zog das Leintuch weg, und Lulas Brüste kamen zum Vorschein. »Und außerdem bist du perfekt gebaut, für meinen Geschmack«, sagte er.

»Du erinnerst mich an meinen Daddy, weißt du das?« sagte Lula. »Mama hat mir mal erzählt, er mochte schlanke Frauen mit Busen, die ein klein wenig zu groß waren für ihre Figur. Er hatte genauso eine lange Nase wie du. Hab ich dir schon mal erzählt, wie er gestorben ist?«

»Nein, Süßes, nicht, daß ich wüßte.«

»Er bekam eine Bleivergiftung, als er die Farbe von unserem alten Haus runtergewaschen hat, ohne Maske! Mama hat gesagt, sein Gehirn ist praktisch in seine Bestandteile zerfallen. Erst hat sein Gedächtnis nicht mehr mitgemacht. Dann wurde er gewalttätig. Und zum Schluß hat er sich irgendwann mitten in der Nacht eine Ladung Kerosin über den Kopf gekippt und ein Streichholz angezündet. Um ein Haar hätte er das ganze Haus niedergebrannt, während Mama und ich oben im ersten Stock tief und fest schliefen. Wir sind gerade noch rechtzeitig rausgekommen. Das war ein Jahr, bevor ich dich kennenlernte.«

Sailor nahm Lula die Zigarette aus der Hand und legte sie in den Aschenbecher neben dem Bett. Er hielt ihre straffen, schmalen Schultern und fing an, sie zu massieren.

»Wie kommst du eigentlich zu so klasse Schultern?« fragte Sailor.

»Das macht wahrscheinlich das Schwimmen«, sagte Lula, »war schon als Kind meine Leidenschaft.«

Sailor zog Lula an sich und küßte sie auf den Hals.

»Du hast so einen wundervollen, langen Hals wie ein Schwan«, sagte er.

»Den von Großmutter Pace hättest du erst mal sehen sollen«, sagte Lula. »Der war lang und zart und weiß wie Marmor. Da kommt meiner nicht mit. Dafür bin ich viel zu gern in der Sonne.«

Sailor und Lula liebten sich, und nachher, als Sailor schlief, stand Lula am Fenster, rauchte eine von Sailors Camels und schaute hinaus auf die Mündung des Cape Fear River. So am allerletzten Zipfel eines großen Gewässers zu stehen, das hat etwas Gespenstisches, dachte sie bei sich. Lula sah zu Sailor hinüber, der auf dem Rücken ausgestreckt im Bett lag. Komisch, daß ein Junge wie Sailor nicht eine einzige Tätowierung am Leib hatte, dachte sie. Er war eigentlich genau der Typ, der normalerweise von oben bis unten voll damit war. Sailor schnarchte und drehte sich im Schlaf auf die Seite, so daß er Lula seinen langen, schmalen Rücken und den flachen Po zukehrte. Sie nahm noch einen Zug und warf die Zigarette aus dem Fenster ins Wasser.

Onkel Pooch

»Vor fünf Jahren«, sagte Lula, »ich war fünfzehn, da sagte Mama zu mir, wenn ich anfinge, an Sex zu denken, dann sollte ich erst zu ihr kommen, bevor ich irgendwas in der Richtung machen würde.«

»Aber, Liebling«, sagte Sailor, »hast du mir nicht erzählt, dein Onkel Pooch hätte dich vergewaltigt, als du dreizehn warst?«

Lula nickte. Sie stand im Bad ihres Zimmers im Cape-Fear-Hotel vor dem Spiegel und toupierte sich die Haare. Sailor konnte sie vom Bett aus durch die Tür sehen.

»Das stimmt«, sagte Lula. »Onkel Pooch war nicht mein richtiger Onkel. Kein Verwandter, meine ich. Er war ein Geschäftsfreund von meinem Daddy. Und meine Mama hat todsicher nie was von der Geschichte zwischen uns erfahren. Sein echter Name war irgendwas Europäisches, Pucinski oder so. Aber alle nannten ihn nur Pooch. Er tauchte öfters bei uns auf, wenn Daddy weg war. Ich hab mir immer eingebildet, er wär scharf auf Mama; und ich war total überrascht, als er mir eines Nachmittags aus heiterem Himmel an die Wäsche ging.«

»Und wie hat er das angestellt, Peanut?« fragte Sailor. »Einfach die alte Kröte rausgeholt und sie quaken lassen?«

Lula kämmte sich den Pony zur Seite und schnitt eine Grimasse. Sie nahm sich eine Zigarette aus der Schachtel, die auf dem Waschbecken lag, zündete sie an und ließ sie eine Weile im Mundwinkel baumeln, während sie mit ihrem Haar spielte.

»Du bist manchmal schrecklich gemein, Sailor, weißt du das?«

»Man versteht kein Wort, wenn du die More zwischen den Zähnen hast«, sagte Sailor.

Lula nahm einen kräftigen Zug und legte die Zigarette auf den Waschbeckenrand.

»Ich hab gesagt, du bist manchmal so gemein. Da steh ich überhaupt nicht drauf.«

»Tut mir leid, Süßes«, sagte Sailor. »Erzähl doch weiter, wie hat der alte Pooch sein Werk vollendet?«

»Also, Mama war grade im *Busy Bee* zum Haarefärben, und ich war allein zu Hause. Onkel Pooch kam durch den Seiteneingang über die Terrasse. Ich war dabei, mir ein Sandwich mit Marmelade und Bananen zu machen. Ich weiß noch, ich hatte Lockenwickler in den Haaren, weil ich abends mit den Desoto-Schwestern, Vicky und Cherry Ann, ausgehen wollte, zu Van Halen, ins Coliseum nach Charlotte. Onkel Pooch muß genau gewußt haben, daß außer mir niemand zu Hause war, denn er kam schnurstracks auf mich zu, packte mich mit beiden Händen am Po und preßte mich nach oben gegen die Theke.«

»Und er hat keinen Ton gesagt?« fragte Sailor.

Lula schüttelte den Kopf und fing an, sich die Haare wieder glatt zu bürsten. Sie hob die Zigarette auf, nahm einen Zug und warf sie ins Klo. Die Glut hatte einen braunen Fleck auf dem Waschbecken hinterlassen; Lula machte sich den rechten Zeigefinger naß und versuchte ihn wegzurubbeln, aber er wollte nicht verschwinden.

»Ich glaube nicht«, sagte sie, »jedenfalls kann ich mich nicht daran erinnern.«

Lula drückte die Spülung und schaute zu, wie sich die More langsam auflöste, während sie ins Abflußrohr hinuntergezogen wurde.

»Was hat er dann getan?« fragte Sailor.

»Mir die Hand vorne in die Bluse gesteckt.«

»Und du?«

»Ich hab die Marmelade auf den Boden fallen lassen. Und dann dachte ich, daran erinnere ich mich noch, wenn Mum das sehen würde, würde sie loszetern. Als ich mich runterbeugte, um aufzuwischen, war ich Onkel Poochs Hand wieder los. Er wartete ab, bis ich alles saubergemacht und die Serviette, die ich dazu benutzte, in den Mülleimer geworfen hatte; so lange ließ er mich in Ruhe.«

»Hast du Angst gehabt?« fragte Sailor.

»Ich weiß nicht«, sagte Lula. »Schließlich war es ja Onkel

Pooch; den hab ich gekannt, seit ich sieben war. Irgendwie war mir, als ob es nicht wirklich passierte.«

»Und wie hat er dich dann endgültig aufs Kreuz gelegt? Gleich da in der Küche?«

»Nein, er hat mich hochgehoben. Er war klein, aber kräftig. Mit behaarten Armen und so einer Art Errol-Flynn-Schnauzer, ein paar dünne Härchen links und rechts auf der Oberlippe. Egal, er hat mich dann raufgetragen ins Hausmädchenzimmer; das hatte niemand mehr benutzt, seit Mama ein paar Jahre vorher Abilene verloren hatte; sie war weggelaufen, um Harlan, den Chauffeur von Sally Wilby, zu heiraten und mit ihm nach Tupelo runter zu ziehen. Da, auf dem ehemaligen Bett von Abilene, haben wir es getan.«

»Haben ›wir‹ es getan?« wiederholte Sailor. »Was soll das heißen? Er hat dich nicht gezwungen?«

»Na ja, das schon«, sagte Lula, »aber er war total vorsichtig, verstehst du? Er hat mich zwar vergewaltigt und alles, aber ich meine, es gibt doch viele verschiedene Arten von Vergewaltigung. Ich wollte nicht direkt, daß er es macht, aber ich schätze, als der erste Schritt getan war, kam mir irgendwie alles nicht mehr so schrecklich vor.«

»Hat's dir gefallen?«

Lula legte die Haarbürste weg und schaute Sailor an. Er lag nackt auf dem Bett und hatte einen Ständer.

»Sag bloß, meine Geschichte macht dich so heiß?« sagte sie. »Deshalb willst du hören, wie's weiterging!«

Sailor lachte. »Dagegen bin ich machtlos, Sweetheart. Hat er es mehr als einmal getan?«

»Nein, es war ziemlich schnell vorbei. Ich hab nicht viel gespürt. Meine Unschuld hatte ich schon vorher verloren, mit zwölf, das war ein Unfall. Eine unsanfte Landung beim Wasserskifahren auf dem Lanier See, in Flowery Beach. Es gab also kein Blut oder so was. Onkel Pooch stand einfach auf, zog sich die Hosen wieder an und ließ mich allein zurück. Ich blieb in Abilenes Bett, bis ich hörte, daß er weg war. Das war der unangenehme Teil, dazuliegen und zuzuhören, wie sein Wagen davonfuhr.«

»Und dann? Was hast du dann gemacht?«

»Ich glaube, ich bin wieder runter in die Küche und hab mir mein Sandwich fertiggeschmiert; wahrscheinlich war ich irgendwann dazwischen noch beim Pinkeln.«

»Und du hast es niemandem erzählt?«

»Nur dir«, sagte Lula. »Onkel Pooch hat sich danach nie irgendwie anders oder komisch benommen. Und er hat es nie wieder bei mir versucht. Zu Weihnachten hat er mir immer was Schönes geschenkt, mal einen Mantel, ein andermal Schmuck. Drei Jahre später ist er bei einem Autounfall umgekommen, im Urlaub, in Myrtle Beach. Die haben immer noch zuviel Verkehr da unten, wenn du mich fragst.«

Sailor streckte den Arm nach Lula aus. »Komm«, sagte er.

Lula ging zu ihm und setzte sich auf die Bettkante. Sailors Glied war auf die Hälfte geschrumpft, und sie nahm es in die linke Hand.

»Du mußt nichts für mich tun, Baby«, sagte Sailor. »Mir geht es prima.«

Lula strich sich mit der rechten Hand das Haar glatt.

»Verdammt, Sailor«, sagte sie, »es ist nicht immer bloß wegen dir, wenn ich das mache.«

Lula saß einen Augenblick unbeweglich da, dann fing sie an zu weinen. Sailor setzte sich auf, hielt sie fest, wiegte sie wortlos in den Armen und sagte nichts, bis sie sich beruhigt hatte.

Marietta und Johnnie

»Hab ich es nicht kommen sehen! Kaum ist dieser Dreckskerl raus aus dem Knast, schon geht der Ärger los. Er hat einen solchen Einfluß auf sie, daraus werde ich nicht schlau. Lula hat so was Wildes, Unbezähmbares, ich möchte bloß wissen, woher das kommt. Du mußt sie finden, Johnnie, und diesen Kerl kaltmachen. Knall ihn einfach ab und wirf ihn irgendwo in den Sumpf. Schaff das Problem ein für allemal aus der Welt.«

Johnnie Farragut grinste und schüttelte den Kopf.

»Marietta, du weißt genau, ich kann Sailor nicht einfach umlegen.«

»Und warum nicht, in drei Teufels Namen? Er hat jemand auf dem Gewissen, oder etwa nicht? Diesen soundso Lemon?«

»Er hat seine Strafe dafür abgesessen. Und noch eins: Wenn Lula nicht als Geisel – das heißt unter Zwang – mit ihm gekommen ist, dann können wir überhaupt nichts dagegen tun.«

»Spar dir deine Belehrungen, Johnnie Farragut! Ich weiß, was eine Geisel ist, und deshalb will ich, daß Sailor Ripley von unserem Planeten verschwindet. Er ist ein einziger Schleimklumpen, der mir mein Kind vollsudelt. Bring ihn einfach irgendwie dazu, daß er dich angreift, dann brauchst du nur abzudrücken. Das wäre pure Selbstverteidigung, und bei seinem Vorstrafenregister, da würde niemand lange fackeln.«

Johnnie goß sich noch ein Glas Walker-Black-Label ein und bot Marietta die Flasche an, aber sie schüttelte den Kopf und hielt ihr Glas mit einer Hand zu.

»Ich werde Lula finden, Marietta, darauf kannst du dich verlassen, und wenn dieser Ripley bei ihr ist, dann werde ich mir den Jungen mal vorknöpfen, und ihr werde ich ins Gewissen reden, daß sie mit mir nach Hause kommt. Mehr kann ich nicht tun.« Er nahm einen ordentlichen Schluck aus seinem Glas.

Marietta fing an zu weinen. Sie schluchzte, aber nur für ein paar Augenblicke, dann hörte sie so abrupt auf, wie sie begonnen hatte. Ihre Augen wurden glasig und nahmen einen leicht purpurfarbenen Schimmer an.

»Dann kauf ich mir eben einen Killer«, sagte sie. »Wenn du mir nicht helfen willst, rufe ich Marcello Santos an. Der war mit Clyde immer gut befreundet.«

»Marietta, ich werde dir helfen. Aber du darfst jetzt nicht den Kopf verlieren. Du willst doch nicht im Ernst Santos und seine Bande da mit hineinziehen? Übrigens hat Clyde am Ende keine allzu großen Stücke mehr auf ihn gehalten.«

»Es war das Blei in der Farbe, das Clyde umgebracht hat, Johnnie, nicht Marcello, das weißt du genau. Und überhaupt, Marcello Santos war schon hinter mir her, da war ich noch gar nicht mit Clyde verheiratet. Meine Mama wollte nicht, daß ich was mit ihm hatte, also hab ich es bei Höflichkeiten belassen. Vielleicht hätte ich nicht auf sie hören sollen. Sieh dir Lula an! Die schert sich einen feuchten Dreck drum, was ich denke.«

»Die Zeiten haben sich geändert, Marietta.«

»Anständiges Benehmen nicht. Die Kinder machen sich heutzutage zwar Gedanken darüber, daß die Welt jeden Moment in die Luft gehen kann, aber es interessiert sie anscheinend nicht die Bohne, wie man sich richtig benimmt.«

»Das ist mir auch schon aufgefallen«, sagte Johnnie. Er nahm einen großen Schluck von seinem Scotch, lehnte sich ganz zurück in Clyde Fortunes alten Sessel und schloß die Augen.

»Lula ist da keine Ausnahme«, sagte Marietta. »Und das ist vor allem meine Schuld. Nach Clydes Tod habe ich Lula zu sehr verwöhnt, schätze ich.«

»Das ist doch ganz natürlich, Marietta.«

»Schon, aber daß sie wie eine Besessene hinter diesem Mörder her ist, das will mir nicht in den Kopf.«

Johnnie rülpste leise und schlug die Augen auf.

»Er ist kein Mörder. Das mußt du endlich mal begreifen«, sagte er. »Und soviel ich weiß, war Sailor vor dieser Sache, in die Lula verwickelt ist, vollkommen sauber. Schließlich hat er sie ja in Schutz genommen. Er ist einfach zu impulsiv, das ist alles.«

»Vielleicht sollte ich mal wegfahren, Johnnie. Nach Kairo oder Spanien oder Singapur, eine von den Reisen, die der Diners Club immer in den Werbebroschüren anbietet, die ich laufend zugeschickt kriege. Meinst du, Lula würde mich begleiten?«

»Ich glaube, am besten tust du schön eins nach dem andern, Marietta.«

Hitzewelle

»Hitze hab ich eigentlich immer gemocht, Sailor, richtig scharf war ich drauf«, sagte Lula. »Aber jetzt im Moment ist mir vollkommen egal, wie gut sie für meine Haut ist. Ich könnte eine kühle Brise vertragen.«

Sailor Ripley und Lula Pace Fortune saßen nebeneinander in Liegestühlen auf ihrer Terrasse im Cape-Fear-Hotel. Es wurde Abend, das Thermometer stand noch immer über dreißig Grad, und das war schon kühler gegenüber nachmittags, als es gegen drei einmal sogar auf über vierzig geklettert war.

»Wie kommst du denn da drauf? Wieso soll Hitze gut für die Haut sein?« fragte Sailor.

»Hab ich in einer Zeitschrift gelesen, für Frauen. Die liegen im Supermarkt immer an der Kasse rum.«

Lula trug ihren gelben Badeanzug, und Sailor war nackt bis auf die blauen Boxershorts mit den großen weißen Punkten. Sie streichelte seinen linken Arm.

»Du hast wundervolle Haut, Sailor. So weich und glatt. Ich mag es, mit den Fingerspitzen deinen Arm oder deinen Rücken zu streicheln und an nichts zu denken. Es erinnert mich an ein Paar Ski, die über frischen weißen Schnee gleiten.«

»Ich lass mich eben nicht in der prallen Sonne braten«, sagte Sailor, »so wie du.«

»Jaja, ich weiß«, sagte Lula. »Es heißt ja jetzt ständig, daß so viele Leute, und sogar Kinder, Hautkrebs bekommen. Weil die Ozonschicht verschwindet, heißt es. Ich denke, die Politiker sollten langsam was dagegen unternehmen.«

»Und was?« fragte Sailor.

»Na ja, uns eben irgendwie schützen vor dem Weltraum da draußen«, sagte Lula. »Paß nur auf, eines Tages geht die Sonne auf und brennt uns einfach ein Loch durch den Planeten, wie ein Röntgenstrahl.«

Sailor lachte. »So was passiert garantiert nicht, Liebling«, sagte er, »wenigstens nicht, solange wir auf der Welt sind.«

»Und was ist danach, Sailor? Darüber mach ich mir Sorgen. Was ist mit unseren Kindern und Enkelkindern? Wenn irgend so ein großer, fetter Feuerball auf sie einstürzt, das wär dir egal?«

»Hör mal, Peanut, bis dahin fahren die Leute längst mit ihrem Buick auf den Mond.«

Lula schaute hinaus aufs Wasser. Jetzt, wo die Sonne ganz hinter dem Horizont verschwunden war, warf der Leuchtturm vom Cape Fear, etwa hundert Meter südlich des Hotels, einen Lichtstreifen auf den Kanal. Ein paar Minuten sagten Sailor und Lula beide kein Wort. Auf einer anderen Terrasse, ein paar Türen weiter, lachte eine Frau. Es war ein schrilles, hysterisches Lachen, und Lula preßte für ein paar Sekunden, die es anhielt, die Hand um Sailors Arm, so fest sie nur konnte.

»Ist irgendwas, Liebling?« fragte Sailor und rieb sich den Arm, wo sie ihn gequetscht hatte.

»Schon gut«, sagte sie. »Tut mir leid, daß ich so fest zugedrückt habe, aber dieses Lachen von der Frau, da hab ich richtig Gänsehaut von bekommen. Klang wie ne Hyäne oder so was, findest du nicht?«

»Hab noch nie eine gehört«, sagte Sailor.

»Du weißt schon, wie im Fernsehen auf dem *National Geographic*-Kanal?«

»Wenn du mich fragst, dann hat sich das angehört wie ein altes Mädchen, das sich gut amüsiert.«

»Von allen Filmstars«, sagte Lula, »hatte Susan Hayward das tollste Lachen. Sie hatte eine richtig heisere, verrauchte Stimme. Hast du nie diesen alten Streifen im Nachtprogramm gesehen, in dem sie eine Frau spielt, die auf den elektrischen Stuhl muß? Oder war's die Gaskammer? Hab ich vergessen.«

»Nein, kenn ich nicht.«

»Da ist sie mit einem Drogensüchtigen verheiratet, der sie immer verprügelt. Und sie ist befreundet mit diesen Gangstern. Eigentlich ist sie unschuldig, aber am Ende wird sie doch zum Tod verurteilt. In dem hatte sie jedenfalls eine Menge Lachszenen.«

»Bis es ihr an den Kragen ging«, sagte Sailor.

Lula nickte. »Du sagst es. Aber bis dahin kam Susan Hayward voll auf ihre Kosten.«

»Hast du Hunger?« fragte Sailor.

»Ich könnte schon was essen«, sagte Lula, »aber vorher brauch ich unbedingt noch einen Kuß, mein Liebling. Nur einen, ja?«

Im Stil des Südens

Lula zog sich ihr kurzes, rosarotes Lieblingsnachthemd über und kuschelte sich neben Sailor, der, nur in Unterhosen, auf dem Bauch lag und sich das Partner-Suchspiel im Fernsehen ansah.

»Wozu schaust du dir eigentlich so nen Quatsch an?« fragte Lula. »Von denen hat doch keiner auch nur nen Funken Grips in der Birne!«

»Soso«, sagte Sailor, ohne den Blick vom Bildschirm zu wenden. »Na dann verrat mir doch mal, was du so für sprühende Gedanken hattest in letzter Zeit!«

»Kein Grund, gleich persönlich zu werden, oder?« sagte Lula. »Ich mein bloß, du könntest ja auch mal ein Buch lesen oder so. Ich hass es, wie sich die Leute im Fernsehen immer aufführen. Wie ausgestopft sehen die aus. Richtig krank, besonders in Farbe. In Schwarzweiß sind sie noch halbwegs o.k.«

Sailor murrte.

»Was hast du, Liebling?« sagte Lula.

»Jetzt hör mir mal gut zu, Baby! Oben im Pee Dee, da war nichts mit Fernsehen. Und es gab auch keine Sondervorstellungen für die Jungs vom Land. Man mußte schon mit dem auskommen, was man hatte.«

Lula hob den Kopf und küßte Sailor auf die Wange. »Tut mir leid, Schatz«, sagte sie. »Manchmal vergess ich, wo du die letzten zwei Jahre warst.«

»Dreiundzwanzig Monate und achtzehn Tage«, sagte Sailor, »nur nicht übertreiben.«

»Während du weg warst«, sagte Lula, »wollte Mum mal unbedingt ein Abendessen für die Armisteads geben; alte Bekannte von ihr aus Mississippi. Sie waren raufgekommen, um ihre Tochter Drusilla ins College zu bringen. Sue und Bobby Breckenridge waren auch da; und Bobbys Mutter, Alma. Die muß inzwischen sechsundachtzig oder siebenundachtzig sein. Die ganze Zeit hat sie stumm in der Ecke gesessen und sich keinen Millimeter gerührt. Wahrscheinlich ist sie stocktaub, sie hat auf nichts und niemanden reagiert, den ganzen Abend über. Sag mal, hörst du mir überhaupt zu, Sailor?«

»Ich hab gelernt, mich auf mehrere Dinge gleichzeitig zu konzentrieren, das weißt du doch, Liebes.«

»War ja nur eine Frage, damit ich nicht für die Katz erzähle. Also, Eddie Armistead ist ein Bär von einem Mann, er hat nen Drugstore, oben in Oxford, da ist er geboren und aufgewachsen. Und Mama hat doch diese ganzen Bücher von William Faulkner, du weißt schon, dem Schriftsteller. Paul Newman spielte in einem alten Film nach einem Buch von ihm. Und Lee Remick, sie war damals noch so jung und so schön, spielte auch mit. Jetzt ist sie alt, aber schön ist sie immer noch. Mama ist also mal raufgefahren nach Oxford, um sich das Haus von William Faulkner anzusehen – sie haben wohl ein Museum draus gemacht –, und bei der Gelegenheit hat sie die Armisteads kennengelernt.«

»Und was ist mit der Frau?« fragte Sailor.

»Mrs. Armistead? Na ja, die hatte nicht viel zu sagen. Elvie hieß sie, glaube ich. Die Unterhaltung hat hauptsächlich der Bär bestritten. Er erzählte alles mögliche, daß Mister Bill – so nannte er William Faulkner – ihn als kleinen Jungen immer ausgeschimpft hätte, wenn er über die Tulpenbeete lief. Rowan Oak, so hieß, glaube ich, seine Plantage. ›Willst du wohl außen herumlaufen um die Blumen, Eddie!‹ soll ihm William Faulkner zugerufen haben, sagte der Bär. ›Yessir, Mister Bill‹, hat er geantwortet, sagte der Bär, und dann sei er davongelaufen, wieder quer über die Tulpenbeete. Aus irgendeinem Grund fand das meine Mutter besonders lustig.

Aber ich wollte dir ja eigentlich von dem Abendessen erzählen, Sailor. Das war das Beste. Drusilla, die Tochter, ausgesehen hat die, als könnte man sie durch einen Strohhalm trinken. Und als Mama ihr was auf den Teller tun wollte, explodierte sie förmlich – bis dahin hatte sie, genau wie die alte Alma Breckenridge, den ganzen Abend noch keinen Ton von sich gegeben –, sie fuhr also meine Mutter an, das Fleisch und die Kartoffeln dürften sich unter keinen Umständen berühren. Bobby und ich warfen uns einen Blick zu und brachen in schallendes Gelächter aus. ›Was hast du da eben gesagt?‹ fragte Bobby Drusilla. ›Ich könnte sonst keinen Bissen davon essen‹, hat sie gesagt. Ist dir schon mal so was Verrücktes untergekommen?«

»Schon Schlimmeres gehört«, sagte Sailor. »Aber zweifellos ein ernster Fall.«

Lula schnalzte mit der Zunge. »Und dann, später, als die Armisteads gegangen waren, sagte Bobby, Drusilla sei die erste richtige Mississippi-Schönheit, die er getroffen habe.«

Im Partner-Suchspiel stand ein süßes blondes Mädchen in einem kurzen weißen Kleid da und kicherte und fiel einem süßen großen Jungen mit massenweise schwarzem Haar um den Hals.

»Was treiben die denn da?« fragte Lula.

»Das Pärchen hat grade einen Flug nach Hawaii gewonnen«, sagte Sailor. »Das Mädchen hat sich den Jungen ausgesucht, unter dreien von der Sorte.«

»Und die beiden, die den kürzeren gezogen haben, die kriegen gar nichts?«

»Gutscheine für Kentucky Fried Chicken«, sagte Sailor.

»Is ja ne Gemeinheit«, sagte Lula.

»Na und, warum soll es im Fernsehen anders zugehen als im richtigen Leben? Wenigstens läßt man sie nicht verhungern.«

Der gewaltige Unterschied

»Was soll ich bloß mit Mama machen?«

Lula saß auf dem Badewannenrand und rauchte eine More, während Sailor sich vor dem Waschbecken rasierte.

»Was kannst du schon großartig tun?« sagte Sailor. »Sie ist seit zwanzig Jahren deine Mutter, und jetzt willst du sie von heute auf morgen ändern. Dafür ist es längst zu spät, oder?«

Lula schaute nach oben und bewunderte die braunen Locken an Sailors Hinterkopf.

»Liebling?« sagte sie. »Ich bin froh, daß sich dein Knast-Haarschnitt allmählich wieder auswächst. Da hab ich wenigstens was, woran ich mich festhalten kann, wenn wir uns lieben.«

Sailor lachte. »Als ich zwölf war, da wohnte neben uns ein Mädchen, die hieß Bunny Sweet und war vielleicht zwei, drei Jahre älter als ich. Bunny war ganz verrückt nach diesem alten Schlager ›Party Doll‹ von Buddy Knox, und sie ist ständig herumgelaufen und hat dieses Lied geträllert, am liebsten die Zeile, wo es heißt, ›run my fingers through your har‹. Genauso singt er es: ›har‹, nicht ›hair‹. Und eines Tages tauchte Bunny mit zwei Freundinnen bei mir auf und fragte mich, ob sie mir mal durch die Haare fahren dürften mit den Fingern, wie in dem Lied eben. Meine lange, wellige Mähne gefiel ihnen. Die Mädchen galten als schlimme Gören in der Nachbarschaft, weil sie sich mit älteren Jungs, Rockern und Halbstarken, abgaben. Sie waren richtig sexy, verstehst du? Also ließ ich sie gewähren. Klar, nur zu, sagte ich. Sie stellten sich im Kreis um mich auf, und Bunny strich mir mit ihren langen, dunkelroten Fingernägeln durchs Haar; dann kamen ihre Freundinnen dran.«

»Und was haben sie zu dir gesagt?«

»Na ja, so was wie ›O Baby, is das aber schön weich!‹ oder so. Ich kann mich noch genau an ihre nikotingelben Finger erinnern und an den Geruch von Meerwasser und Zigaretten. Ich hab mir vorgestellt, wie sie mit ihren Händen den Jungs einen runterholten oder sich selber in der Muschi herumfingerten. Das Stillhalten fiel mir verdammt schwer. Als sie fertig waren, schnupperten sie an ihren Fingern, rieben sie gegeneinander und wischten sie an ihren Blusen ab. Ich war völlig aus dem Häuschen.«

»Und sonst hast du nichts mit ihnen gemacht?« fragte Lula und schnippte die Zigarettenasche in die Wanne.

»Mit *den* Mädchen nicht«, sagte Sailor. »Aber kurze Zeit später bin ich mal mit einem Kumpel auf ein Fest gegangen bei irgendeinem Mädchen, das ich nicht kannte. Wir spielten dieses Partyspiel, bei dem eine Flasche auf dem Tisch gedreht wird, und mich traf das Los, mit einem adretten kleinen Mädchen in einem blaukarierten Kleid in ein Hinterzimmer zu gehen. Wir sollten uns nur einmal kurz küssen und dann wieder rauskommen. Aber die Dinge entwickelten sich anders. Sie hatte einen rotglänzenden Kirschmund, und wir nahmen unsere Aufgabe sehr ernst und gaben uns richtig Mühe, auch mit den Zungen.«

Lula lachte. »Ganz schön dreist für einen Zwölfjährigen.«

»Am meisten überrascht war ich selber, das kannst du mir glauben«, sagte Sailor. »Vor allem von diesem biederen, braven Mädchen, das ich noch nie vorher gesehen hatte. Nach drei oder vier Minuten hörten wir die anderen nebenan johlen und grölen und pfeifen. Wir waren beide schon ordentlich angeheizt, und wie gesagt, es hatte uns überfallartig gepackt. ›Ich glaube, wir gehen besser wieder rein‹, sagte sie zu mir. Wir waren in einem Zimmer, in dem alle möglichen eingelagerten Möbelstücke herumstanden. In dem schwachen rötlichen Licht wirkten die Augen und Lippen des Mädchens riesig. Sie berührte mich am Kopf und strich mir in einer langsamen Bewegung mit den Fingern durchs Haar. Ich versuchte sie noch mal zu küssen, aber sie ist mir ausgewichen und weggerannt. Dann hörte ich, wie das Gejohle nebenan lauter wurde, als sie reinging. Ich weiß noch, zuerst wollte ich mir den Lippenstift mit dem Handrücken abwischen, und dann beschloß ich doch, ihn dranzulassen. Schließlich ging ich auch wieder rüber.«

Lula warf die More ins Klo. »Weißt du, Sailor, es gibt da was, das ich dir noch nie erzählt habe. Mit sechzehn war ich mal schwanger.«

Sailor spülte sich die Seife vom Gesicht und trocknete sich mit dem Handtuch ab. Er drehte sich herum und lehnte sich gegen das Waschbecken.

»Hast du das deiner Mama erzählt?« fragte er.

Lula nickte. »Sie hat mir den Arzt für die Abtreibung besorgt, ein alter Jude mit einem Haarwuchs in Nasenlöchern und Ohren, so was hab ich im Leben noch nicht gesehen. Er hat mir versichert, ich könnte danach ohne weiteres noch Kinder bekommen. In irgendeinem Hotelzimmer unten am Meer hat er es gemacht. Und als wir mit dem Lift nach unten fuhren und ich fast in Ohnmacht gefallen bin und mit zusammengepreßten Lippen geheult hab, da hat Mama gesagt: ›Ich hoffe, dir ist klar, daß mich dieser Dr. Goldman sechshundert Dollar kostet, und da ist die Fahrt hierher und wieder zurück noch gar nicht mitgerechnet. Er ist der beste Abtreibungsarzt im ganzen Süden!‹«

»Und hast du es dem Kerl erzählt, der dir den Braten in die Röhre geschoben hat?«

»Das war mein Cousin Dell. Seine Familie kam uns immer im Sommer besuchen.«

»Was ist aus ihm geworden?«

»Och, nichts. Ich hab Mama nie was gesagt, daß Dell derjenige war. Ich hab mich einfach geweigert, den Namen des Vaters rauszurücken. Dell hab ich auch nichts erzählt. Er war inzwischen sowieso wieder zu Hause in Chattanooga, da hab ich keinen Grund gesehen. Aber es ist ihm was Schreckliches zugestoßen vor sechs Monaten.«

»Und was war das, Peanut?«

»Er ist verschwunden. Es hat damit angefangen, daß er sich irgendwie seltsam benahm. Ging alle Viertelstunden zu jemandem hin und fragte ihn, wie's ihm so ginge. Er machte überhaupt einen ziemlich abwesenden Eindruck und hatte die verrücktesten Einfälle.«

»Was denn zum Beispiel?« sagte Sailor.

»Na ja, nach dem, was mir meine Mama erzählt hat, hat Tante

Rootie, seine Mama, ihn mal zu nachtschlafender Zeit in der Küche angetroffen, wie er in voller Montur dastand und Brote schmierte. Tante Rootie hat ihn gefragt, was er vorhätte, worauf Dell zu ihr sagte, er würde sich seine Brote machen und zur Arbeit gehen. Er ist Schweißer. Sie brachte ihn dazu, wieder ins Bett zu gehen. Aber da ging es weiter. Als nächstes erzählte er ihr was übers Wetter. Daß der Regen von irgendwelchen außerirdischen Wesen kontrolliert würde. Und daß ihn Männer verfolgten, die schwarze Lederhandschuhe anhätten, um ihre eisernen Hände zu verstecken.«

»Wahrscheinlich die Regenmacher aus dem All«, sagte Sailor.

»Gleich wird dir das Lachen vergehen«, sagte Lula. »Im Dezember, kurz vor Weihnachten, ist Dell auf einmal verschwunden, und Tante Rootie hat ihn von einem Privatdetektiv suchen lassen. Fast einen ganzen Monat lang war er weg, bis er eines Morgens wieder zur Tür hereinspazierte. Hat erzählt, er wäre zur Arbeit gefahren und das nächste, woran er sich erinnern würde, sei, daß er in Sarasota, Florida, an einem wunderbaren Strand gewesen wäre. Also hätte er beschlossen, ein bißchen zu bleiben. Für den Detektiv hat Tante Rootie tausend Dollar bezahlt. Dann, kurze Zeit später, ist Dell wieder abgehauen, Gott weiß, wohin. Seitdem hat ihn keiner mehr gesehen.«

»Klingt doch gar nicht so verrückt«, sagte Sailor. »Wahrscheinlich wollte er nur mal ein bißchen Luftveränderung. Das ist alles.«

»Du mußt noch was über Dell wissen«, sagte Lula.

»Und das wäre?«

»Mit ungefähr siebzehn fingen ihm die Haare an auszufallen.«

»Na und?«

»Jetzt ist er vierundzwanzig. Ein Jahr älter als du. Und er ist schon fast kahl.«

»Da gibt es aber Schlimmeres, was einem Mann passieren kann, Liebling«, sagte Sailor.

»Mag sein«, sagte Lula. »Aber irgendwie macht es doch einen gewaltigen Unterschied, ob einer Haare hat oder nicht.«

Dixie-Blume

Sailor und Lula saßen an einem Ecktisch am Fenster im *Forget-Me-Not-Café* und nippten an ihren Gläsern. Lula hatte einen Eistee mit drei Portionen Zucker und Sailor ein Highlife, das er direkt aus der Flasche trank. Sie bestellten beide gebratene Austern und Krautsalat und genossen den Ausblick. Der Mond war eine schmale Sichel, der Himmel war dunkelgrau mit roten und gelben Schlieren, und darunter lag der schwarze Ozean flach auf dem Rücken.

»Bei dem Wasser muß ich an Buddy Favres Badewanne denken«, sagte Sailor.

»Wie denn das?« fragte Lula.

»Buddy Favre – mit dem ging mein Daddy immer auf Entenjagd – nahm jeden Abend ein Bad. Buddy hatte kurze Beine, einen Spitzbart und Schlitzaugen; er sah fast aus wie ein kleiner Teufel, aber im Grunde war er ganz in Ordnung. Er war LKW-Mechaniker, reparierte riesige Sattelschlepper und Achtzehntonner. Und dabei wurde er meistens unheimlich dreckig, so daß er sich jeden Abend, wenn er nach Hause kam, als erstes in einer Wanne voll hochprozentigem Borax einweichen ließ. Das Wasser verwandelte sich dann langsam in eine grauschwarze Brühe, genau so, wie das Meer heute aussieht. Daddy ging immer rüber zu Buddy und setzte sich im Badezimmer auf einen Stuhl und nippte an einem I.W.-Harper, während Buddy sein Bad nahm; und manchmal durfte ich mitkommen. Buddy rauchte jeden Abend in der Wanne seinen Joint. Er bot ihn Daddy an, aber der blieb lieber beim Whisky. Buddy sagte, der Stoff sei aus Panama und daß er sich dort irgendwann niederlassen wollte.«

»Und hat er das getan?«

»Keine Ahnung, Liebling. Nach Daddys Tod hab ich jede Spur von ihm verloren, aber er war ein ziemlich entschlossener Typ;

ich glaube, daß er es bestimmt irgendwann schafft, wenn er nicht schon dort ist.«

»Wann hast du eigentlich das erste Mal was geraucht, Sailor?«

Sailor nahm einen kräftigen Schluck von seinem Highlife. »Ich war fünfzehn, da bin ich mal mit Bobby Tebbets und Gene Toy – meinem halbchinesischen Freund, von dem ich dir schon mal erzählt habe – in Bobbys 55er Packard Carribean nach Ciudad Juarez gefahren; da wollten wir ins Puff gehen. Bobby war schon mal dort gewesen, auf Besuch bei Verwandten in El Paso. Er ist mit einem Cousin nach Juarez rübergefahren, und da haben die beiden das erste Mal ihre Kolben geölt. Gene Toy und ich brachten Bobby irgendwann dazu, uns davon zu erzählen, und wir beschlossen auf der Stelle, zur Tat zu schreiten.«

»Ein verdammt weiter Weg, nur um an eine Möse zu kommen.«

»Wir waren ganze – warte mal –, ich war fünfzehn, Tebbets siebzehn und Gene Toy sechzehn. Für mich war es auf dem Ausflug das erste Mal, außerdem hat man in dem Alter noch jede Menge Energie.«

»Also, mir hat deine Energie noch immer gereicht, Baby. Und wann hast du es das erste Mal getan, ohne dafür zu bezahlen?«

»Das war vielleicht zwei, drei Monate später«, sagte Sailor. »Ich hab meinen Cousin Junior Train in Savannah besucht, und wir waren bei irgendeinem Jungen, der ein sturmfreies Haus hatte. Ich weiß noch, es gab ein Schwimmbad im Haus, in dem die Leute rumsprangen, andere standen im Garten oder in der Küche und tranken Bier. Auf einmal kam ein Mädchen auf mich zu; sie war ziemlich groß, größer als ich; sie hatte ein breites Gesicht, aber auf der Nase saß eine interessante sternförmige Narbe.«

»War sie groß?«

»Nein. Vielleicht so wie n Daumennagel, sah fast aus wie ne Tätowierung.«

»Sie kam also zu dir?«

»Ja.« Sailor lachte. »Sie hat mich gefragt, mit wem ich gekommen sei, und ich sagte: ›Mit niemand, nur Junior.‹ Sie fragte mich, ob ich ein Bier wollte, und ich hielt das in meiner Hand hoch. Sie fragte mich: ›Wohnst du in Savannah‹, und ich sagte: ›Nein, ich besuche nur ein paar Verwandte.‹«

»Kannte sie die?«

»Nein. Sie hat mir gleich voll ins Gesicht geschaut und sich mit der Zunge über die Lippen geleckt, dann hat sie mir die Hand auf den Arm gelegt. Ihr Name war Irma.«

»Was hast du dann zu ihr gesagt?«

»Meinen Namen. Dann sagte sie so was wie: ›Es ist so laut hier. Gehen wir nach oben, da können wir uns besser unterhalten?‹ Sie drehte sich um und ging voraus. Vor der letzten Stufe fuhr ich ihr von hinten mit der Hand zwischen die Beine.«

»Heh, Baby, du bist mir ja ein schlimmer Junge!«

Sailor lachte. »Genau das waren ihre Worte. Ich wollte sie küssen, da riß sie sich los und rannte den Gang entlang. Ich fand sie in einem Zimmer auf dem Bett liegen. Eine echte Hexe war das. Sie trug eine knallorange Hose, die hatte was Spanisches, mit schwarzen Spitzenbändern an den Nähten. Du weißt schon, eine dieser hautengen Hosen, die nicht ganz bis zu den Knöcheln runter gehen.«

»Röhrenhosen meinst du?«

»Kann sein. Sie drehte sich einfach auf den Bauch und streckte mir ihr Hinterteil entgegen. Ich ließ meine Hand wieder zwischen ihre Beine wandern, und sie umschloß sie mit den Oberschenkeln.«

»Liebling, du machst mich ja ganz heiß! Uns wie ging's weiter?«

»Sie hatte das Gesicht halb im Kissen vergraben und sah mich über die Schulter an, als sie sagte: ›Ich werde dir keinen blasen. Darum darfst du mich nicht bitten.‹«

»Armes Ding«, sagte Lula. »Da weiß sie nicht, was ihr entgeht. Was hatte sie denn für ne Haarfarbe?«

»Irgendwas zwischen Braun und Blond, glaube ich. Aber jetzt paß auf, Süßes! Sie dreht sich wieder um, schält sich aus den orangenen Hosen und spreizt die Beine weit auseinander und sagt zu mir: ›Hier, pflück dir das Blümchen!‹«

Lula johlte: »Alle Achtung, Liebling! Da hast du aber mehr bekommen, als du erwartet hast.«

Die Bedienung brachte die Austern mit Salat.

»Noch was zu trinken gefällig?« fragte sie.

Sailor kippte den Rest von seinem Highlife runter und gab dem Mädchen die Flasche.

»Gute Idee!« sagte er.

Der Rest der Welt

»Ich schreib Mama eine Karte von irgendwo«, sagte Lula. »Ich will nicht, daß sie sich mehr aufregt als unbedingt nötig.«

»Was soll denn das heißen, als unbedingt nötig?« sagte Sailor. »Sie wird sowieso schon längst die Bullen verständigt haben, und dazu meinen Bewährungshelfer und ihren Liebhaber, den Privatdetektiv – wie heißt er doch gleich? Jimmy Fatgut oder so ähnlich?«

»Farragut. Johnnie Farragut. Schon möglich. Sie hat schließlich gewußt, daß ich dich treffen würde, sobald du rauskommst, aber schätzungsweise hat sie nicht damit gerechnet, daß wir einfach so zusammen durchbrennen.«

Sailor saß am Steuer von Lulas weißem 75er Bonneville Cabrio. Er fuhr konstant hundert und ließ das Verdeck oben, um bloß keine Aufmerksamkeit zu erregen. Sie waren zwanzig Meilen nördlich von Hattiesburg und wollten noch bis Biloxi, um dort zu übernachten.

»Das heißt also, du brichst dein Ehrenwort?« sagte Lula.

»Du hast's erfaßt«, sagte Sailor. »Ich hab's bereits vor gut zweihundert Meilen gebrochen, als wir die Grenze von Portagee County passierten.«

»Was meinst du, wie ist es in Kalifornien, Sailor? Hab gehört, die haben kaum Regen dort.«

»Vorausgesetzt, wir kommen so weit, meinst du wohl.«

»Zweieinhalb Staaten haben wir doch schon problemlos geschafft.«

Sailor lachte. »Das erinnert mich an eine Geschichte, die mir im Pee Dee einer erzählt hat. Über einen Typ, der Arbeiter auf einer Bohrinsel in der Atchafalaya Bay war und sich in New Iberia mit einer Nutte zusammengetan hat. Die beiden haben einen Geldtransport überfallen, den Fahrer und den Wachmann getötet und sind dann glücklich entkommen. Die Frau hat sogar die

Schüsse abgefeuert. Sie habe alles perfekt geplant, hatte sie diesem Typ erzählt, beziehungsweise stammte die Idee von ihrem Freund, der aber grade oben in Angola eine Strafe absaß wegen eines anderen Raubüberfalls.

Sie fuhren Richtung Colorado und waren schon nach Norden durch Arkansas und dann rüber durch Oklahoma gekommen, als, so ungefähr bei Enid, ebendieser Freund aus Angola sie aufspürte. Er war getürmt und auf der Suche nach seinem alten Liebchen, als er von dem Überfall auf den Geldtransport hörte. Es hatte überall in den Zeitungen gestanden, weil es ein so raffiniertes und gleichzeitig gewagtes Unternehmen war. Er wußte sofort, daß nur sie dahinterstecken konnte, so, wie alles angelegt war; er hatte ihr die beste Route nach Colorado beschrieben, wo er von einer alten Mine wußte, in der man das Geld verstecken konnte. Natürlich hatte er nie damit gerechnet, daß sie das Ding auf eigene Faust durchzog. Er hatte bei seinem Ausbruch in Angola nur an den Schnitt gedacht, den er dabei machen konnte, wenn er sie benutzte. Jedenfalls ist er dem FBI zuvorgekommen, hat die beiden eingeholt und abgeknallt.«

»Nette Geschichte, Liebling«, sagte Lula. »Aber wieso um alles in der Welt kommst du eigentlich jetzt darauf?«

»Die beiden haben es auch durch zweieinhalb Staaten geschafft, bevor der Weg für sie zu Ende war.«

»Und was ist mit dem Gewohnheitsverbrecher aus Angola passiert?«

»In Denver hat das FBI ihn aufgegriffen und wieder nach Louisiana verfrachtet, wo er den Rest seiner Strafe für den anderen Raub absitzen mußte. Die Beute aus dem Geldtransport soll er vorher noch in der Mine in Colorado versteckt haben. Die beiden Leichen sind nie aufgetaucht.«

»Vielleicht liegen die auch in der Mine vergraben.«

»Schon möglich. Ich hab das Ganze von einem Kerl gehört, der auch mal in Angola gesessen hat. Aber im Bau hört man viele Geschichten, Baby, und die meisten stammen aus der Gerüchteküche. An der hier könnte allerdings glatt was dran sein.«

Lula zündete sich eine Zigarette an.

»Riecht aber nicht nach ner More«, sagte Sailor.

»Ist auch keine«, sagte Lula. »Ich hab mir ne Packung Vantages geholt, bevor wir vom Cape losgefahren sind.«

»Die stinken ja wie die Pest.«

»Schon, aber dafür sollen sie weniger schädlich sein.«

»Du wirst dir doch nicht ausgerechnet jetzt Gedanken über deine Gesundheit machen, Süßes? Ich meine, du überquerst hier eine Grenze nach der anderen mit einem Mörder an deiner Seite.«

»Totschlag war es, Liebling, nicht Mord. Nur nicht übertreiben.«

»O.K., also mit einem Totschläger, der sein Ehrenwort gebrochen hat und ansonsten nur unkeusche Absichten verfolgt, was dich betrifft.«

»Das will ich auch hoffen. Bis jetzt hast du mich jedenfalls noch nicht übers Ohr gehauen. Und das kann ich vom Rest der Welt nicht gerade behaupten!«

Sailor lachte und beschleunigte den Pontiac auf hundertzwanzig.

»Mir gefällst du auch, Peanut«, sagte er.

An der Golfküste

»Kein Schwanz ist so hart wie das Leben.«

»Was ist denn das wieder für ein Quatsch?« sagte Lula.

Sailor lachte. »Das hat der Combi da vor uns auf dem Aufkleber stehen.«

»Das ist zum Kotzen. Solche Sprüche sollte man in der Öffentlichkeit verbieten. Sind wir schon in Biloxi?«

»Fast. Ich schlage vor, wir suchen uns ein Zimmer, und dann gehen wir was essen.«

»Hast du schon eine Idee, wo du hin willst?«

»Wir sollten vielleicht ein bißchen abseits übernachten. Nicht gerade in einem Holiday oder Ramada oder Motel Six. Wenn Johnnie Farragut uns auf den Fersen ist, dann wird er uns dort zuerst suchen.«

Sie passierten das Ortsschild von Biloxi.

»Wie wär's mit dem?« fragte Lula. »Gästehaus des Alten Südens?«

»Sieht eher aus wie das Geisterhaus des Alten Südens«, sagte Sailor. »Wir können ja mal reinschauen.«

In der Halle roch es nach Brathähnchen; unter einem riesigen Deckenventilator saßen drei alte Männer auf ihren Stühlen und blickten starr auf den großen Schwarzweiß-Fernseher, in dem die *Oprah Winfrey Show* lief. Alle drei drehten den Kopf herum, als Sailor und Lula eintraten. Eine riesenhafte Topfpflanze, die aussah wie Marihuana, stand neben dem Fernseher.

»Als Kind«, flüsterte Sailor Lula zu, »hat mir Großpapa mal ein Album gezeigt mit Fotos von seinem Daddy bei einem Veteranentreffen der Konföderierten Armee. Die alten Knacker hier sehen genauso aus wie die ehemaligen Kämpfer in Großpapas Album. Er hat mir erzählt, daß sich damals, als das Foto geschossen wurde, praktisch alle Überlebenden selbst zu Generälen ernannt haben.«

Das Zimmer war klein, aber billig, sechzehn Dollar. Der Putz an den Wänden und an der Decke hatte Risse, und in der Ecke stand ein wahres Monstrum von einem alten Motorola-Fernseher mit Zimmerantenne. Es gab einen kleinen Tisch, darauf vier Plastikbecher und einen rosaroten Tonkrug. In einer anderen Ecke stand ein wackliger brauner Sekretär, und in der Mitte des Raumes thronte ein enormes Bett mit einem Kopfteil, von dem der schwarze Lack abblätterte. Lula zog die spülwassergraue Überdecke ab, warf sie über den Sekretär und streckte sich auf dem Bett aus.

»Ich hasse diese Hoteldecken«, sagte sie. »Die werden alle heiligen Zeiten mal gewaschen. Und die Vorstellung, auf dem Dreck von fremden Leuten zu liegen, finde ich ekelhaft.«

»Komm, sieh dir das an!« sagte Sailor.

Lula stand auf und schaute zum Fenster hinaus. In der linken unteren Scheibe bemerkte sie zwei Risse.

»Was denn, Liebling?« sagte sie.

»Da ist kein Wasser im Schwimmbecken. Ein Baum ist reingestürzt, wahrscheinlich Blitzschlag.«

»Das ist ja ein riesiges Grundstück. War in alten Zeiten bestimmt mal ein nobler Schuppen.«

Auf der Küstenstraße vor dem Hotel rasten die Autos vorbei.

»Reichlich Personal gibt es hier auch«, sagte Lula.

»Gehen wir was futtern, Sweetheart! Bald ist es dunkel.«

Nach dem Essen machten Sailor und Lula einen Spaziergang am Strand. Der Vollmond tauchte den Sand in ein fahles Weiß, und der Golf sah aus wie rotschimmernde Knitterseide. Lula zog sich die Schuhe aus.

»Meinst du wirklich, daß Mama uns Johnnie Farragut auf den Hals gehetzt hat?« fragte sie.

»Wenn überhaupt jemanden, dann ihn, Liebling.«

Eine flache Welle rollte auf Lula zu, und sie ließ sie sich über die Füße schwappen. Sie gingen ein paar Minuten wortlos nebeneinander her. Außer dem Geplätscher der Wellen am Strand war nur das Hupen der Autos und Lastwagen zu hören, die oben auf der Straße vorbeirauschten.

»Meinst du, er kriegt uns?« fragte Lula.

»Wer? Johnnie?«

»Ja.«

»Ist natürlich möglich. Aber wenn du mich fragst, mit Elvis hätte er da mehr Glück.«

»Du glaubst nicht wirklich, daß Elvis noch am Leben ist, oder?« sagte Lula.

Sailor lachte. »Jedenfalls nicht mehr, als daß James Dean als verschrumpeltes Häufchen Elend in einem Altersheim im hintersten Indiana dahinvegetiert.«

»Aber denk doch bloß an all die Dinge, die nicht zusammengepaßt haben. Daß der Leichnam zu kurz war, zum Beispiel, und zu leicht für Elvis.«

»Das sind nur Tricks von den Zeitungsfritzen, damit sie mehr verkaufen, Sweetheart.«

»Jedenfalls könnte ich es Elvis, wenn er noch am Leben ist, nicht verdenken, daß er sich einfach irgendwo verkriecht.«

»Und ob der sich verkrochen hat, darauf kannst du wetten, ungefähr zwei Meter tief unter die Erde. Mach dir mal darüber keine Gedanken.«

Lula schnalzte mit der Zunge. »Neulich hab ich was Schreckliches im Radio gehört«, sagte sie, »über einen alten Rock 'n' Roll-Gitarristen. Er war siebenundvierzig, als man ihn in Virginia wegen Trunkenheit am Steuer festgenommen hat. Der hat sich in seiner Zelle erhängt. Eine Frau und sieben Kinder hat er zurückgelassen. Im Radio hieß es, sein Daddy war Prediger in der Pfingstbewegung.«

»Ein Kerl oben im Pee Dee, der hat eines Tages erfahren, daß ein alter Zellengenosse von ihm umgebracht wurde, und zwar ausgerechnet von dem Hurensohn, den seine Frau sich angelacht hatte, während er im Knast saß; und weißt du, was sein Kommentar dazu war? ›Noch ne Entgleisung auf des Lebens Bahnfahrt zum Himmel.‹ Ich weiß nicht, Peanut, vielleicht haben wir ja ein bißchen Glück.«

Gewöhnliche Begleiter

Wie jedesmal, wenn er nach New Orleans kam, nahm Johnnie seine erste Mahlzeit im *Acme* zu sich. Er stellte sich in die Warteschlange und bestellte Reis mit Bohnen und Würstchen und ein Austern-Sandwich. Nachdem er das Essen bezahlt hatte, nahm er sein Tablett, stellte es an einem Fensterplatz auf dem Tisch ab und ging zur Bar, um sich ein Dixie zu holen; er nahm es, lehnte das Glas dankend ab, bezahlte gleich und ging mit dem Bier zurück zu seinem Tisch.

Johnnie verschlang erst mal die Hälfte von seinem Austern-Sandwich und nahm dann einen mannhaften Schluck von dem Dixie. Immer noch das süßeste Bier im ganzen Süden, dachte er, während es ihm die Kehle hinunterlief. Das verseuchte Flußwasser verlieh ihm den besonderen Geschmack, und ohne Zweifel würde jemand, der genug davon intus hatte, im Dunkeln leuchten. Dieser Abschnitt des Mississippi zwischen Baton Rouge und New Orleans hieß nicht umsonst der Krebskorridor. Aber an einem Tag wie heute, bei 35 Grad im Schatten, da war es ganz sicher ein Genuß.

Während er aß, dachte Johnnie darüber nach, wo Lula und Sailor sonst hingefahren sein konnten, wenn nicht nach New Orleans. Diese Stadt schien am wahrscheinlichsten, denn hier konnten sie am leichtesten irgendeine Schwarzarbeit finden, und hier waren sie eher unter ihresgleichen als in Atlanta oder Houston. Außerdem hatte Lula New Orleans immer gemocht. Sie war schon mehrmals mit Marietta hiergewesen, meist im Royal Sonesta, wenn Marietta wieder einmal auf einen ihrer Antiquitäten-Einkaufstrips mußte. Theoretisch konnten sie inzwischen fast überall sein: New York, Miami, sogar auf dem Weg nach Kalifornien. Aber New Orleans war fürs erste kein schlechter Tip.

»Was dagegen, wenn ich mich dazusetze?« Johnnie blickte

von seinem Teller auf und sah einen Mann um die Fünfzig vor sich, einen Mulatten mit einem kleinen, graublauen Filzhut. Er trug ein Tablett mit lauter vollgehäuften Tellern in den Händen und lachte ihm ins Gesicht.

»Die anderen«, sagte der Mann, »alle *occupado*.«

»Aber bitte sehr«, sagte Johnnie, »fühlen Sie sich ganz wie zu Hause.«

»*Muchas gracias*«, sagte der Mann und setzte sich. Er streckte seinen enormen rechten Unterarm aus und reichte Johnnie die Hand. »Mein Name ist Reginald San Pedro Sula. Aber nennen Sie mich ruhig Reggie.«

Johnnie wischte sich die rechte Hand an der Serviette ab und gab sie ihm.

»Johnnie Farragut«, sagte er. »Sehr erfreut.«

Reggie stürzte sich, ohne den Hut abzunehmen, wie ein Tier auf das Essen und hatte gut die Hälfte davon verschlungen, bevor er wieder etwas sagte.

»Sie sind aus New Orleans, Señor Farragut?«

»Johnnie, bitte. Nein, aus Charlotte, North Carolina. Bin geschäftlich unterwegs.«

Reggie setzte ein breites Lächeln auf, das seine zahlreichen großen Goldzähne zum Vorschein brachte.

»Ich komme aus Honduras. Ursprünglich von den Cayman Inseln, aber jetzt lebe ich schon seit etlichen Jahren in Honduras. Kennen Sie unser Land, Johnnie?«

»Ich weiß nur, daß es einen ziemlich trostlosen Anblick bieten soll, seit der Hurricane letztes Jahr drüber hinweggefegt ist.«

»Ja. Das stimmt. Aber es gab nicht so viel zu zerstören. Keine großen Gebäude wie in New Orleans. Nicht da, wo ich wohne, auf den Bay Inseln.«

»Und wo ist das?«

»Nördlich vom Festland. Auf Utila. Wir haben eine gewisse Selbständigkeit auf den Inseln, müssen Sie wissen, seit die USA vor hundert Jahren die Briten gezwungen haben, die Kolonie freizugeben.«

»Und was machen Sie dort?«

»Ach, vieles.« Reggie lachte. »Ich betreibe einen Gemischtwarenladen. Aber ich arbeite auch für die Regierung.«

Johnnie nahm einen Bissen von seinem Austern-Sandwich. »In welcher Funktion?« fragte er.

»In verschiedenen. Hauptsächlich als Geheimagent.«

Reggie holte sein Portemonnaie aus der Gesäßtasche und hielt Johnnie eine Karte hin.

»General Osvaldo Tamarindo y Ramirez«, las Johnnie laut vor, »Telefono 666.«

»Das ist mein Geldgeber«, sagte Reggie. »Der General ist der Chef der Geheimpolizei in Honduras. Und ich bin einer seiner Agenten.«

Johnnie gab ihm die Karte zurück, und Reggie hielt ihm einen Zettel hin, der einmal gefaltet war. Johnnie klappte ihn auf. Der Text war in Spanisch.

»Das ist mein *permiso*«, sagte Reggie, »meine Erlaubnis zu töten. Nur wenn es nötig ist, natürlich, und nur in meinem eigenen Land.« Er lachte.

»Natürlich«, sagte Johnnie, legte das Papier wieder zusammen und gab es Reggie zurück.

»Außerdem darf ich eine 45er tragen«, sagte Reggie. »Ein altes Modell der amerikanischen Marine, bevor sie auf die weniger zuverlässige Neunmillimeter umgestellt haben. Ich hab sie hier in meinem Aktenkoffer.«

Reggie hielt den Alukoffer kurz hoch und stellte ihn wieder zurück auf den Boden, unter seinen Stuhl.

»Und was führt Sie nach New Orleans«, sagte Johnnie, »wenn ich fragen darf?«

Reggie lachte. Er nahm den Hut ab und kratzte sich eine Sekunde lang wie wild den fast völlig kahlen Kopf, wischte sich mit der Serviette den Schweiß vom Schädel und setzte den Hut wieder auf.

»Aber natürlich dürfen Sie das«, sagte Reggie. »Ich bleibe nur kurz, bis heute abend, dann fliege ich nach Austin, Texas, um einen Freund zu besuchen, einen CIA-Agenten, der mich zum Barschfischen eingeladen hat; er will auch mal nach Utila kommen und mit mir fischen gehen. Wir sind im selben Geschäft, und wir haben das gleiche Hobby.«

Johnnie trank den Rest von seinem Bier aus. Er hatte gegessen, soviel er konnte, und stand auf, um sich zu verabschieden. Dieser Reginald San Pedro Sula, dachte er bei sich, sagte zweifellos die Wahrheit; aber Johnnie hatte keine Lust, noch tiefer zu dringen.

»War mir ein echtes Vergnügen, Reggie«, sagte er und reichte ihm die Hand. »Ich wünsche Ihnen *buena suerte*, was immer Sie jetzt vorhaben.«

Reggie stand auf – er war mindestens einsneunzig – und schüttelte Johnnie die Hand.

»Das gleiche wünsche ich Ihnen«, sagte er. »Und wenn Sie mal in Honduras sind, müssen Sie unbedingt auf die Bay Inseln kommen und mich besuchen. Die Leute in Honduras sind große Freunde der Amerikaner. Aber ich hab noch einen Witz für Sie, bevor Sie gehen: Ein Liberaler, ein Sozialist und ein Kommunist springen alle gleichzeitig vom Dach des Empire State Building. Wer kommt als erster unten an?«

»Keine Ahnung«, sagte Johnnie. »Wer denn?«

»Wen juckt das schon?« sagte Reggie und grinste.

Johnnie ging die Iberville Street hinunter zum Fluß. Er hatte es eilig, wieder in sein Hotelzimmer zu kommen und in Robert Burtons »Anatomie der Melancholie« weiterzulesen. Burtons Buch, die erste Abhandlung zu diesem Thema, die von einem Laien geschrieben war, war erstmals 1621 veröffentlicht worden, war aber nach wie vor aktuell. Als Johnnie um die Ecke bog und auf der Decatur nördlich ging, wiederholte er für sich Burtons Definition der Melancholie: »Eine Art von unfiebrigem Wahnzustand, gewöhnlich begleitet von Angst und Niedergeschlagenheit ohne ersichtlichen Anlaß.«

Er wollte noch ein wenig lesen und sich dann hinlegen. Lula und Sailor würden ihm, wenn sie hier waren, sowieso eher abends über den Weg laufen.

Hunger in Amerika

»Hab gehört, Blutegel kommen wieder in Mode«, sagte Sailor.

»Wie bitte?« sagte Lula. »Also ehrlich, Liebling, du redest manchmal einen Mist daher.« Sie nahm sich eine Zigarette von der Länge eines Bleistifts, eine Dixon Ticonderoga Nr. 2, und zündete sie an.

»Wieder eine Packung Mores gekauft, hm?«

»Ich sag dir, das ist ein echtes Problem für mich, Sailor. Als ich wegen der Gummis in dem Drugstore neben dem Restaurant in Biloxi stand, hab ich sie an der Kasse gesehen, da hab ich mir eine Schachtel mit einpacken lassen. Ich kann einfach nicht widerstehen. Also, was war nun mit dem Blutegel?«

»Im Radio haben sie gesagt, die Ärzte verwenden sie wieder, wie in alten Zeiten. Du weißt doch, als man sie sogar beim Friseur bekam!«

Lula schüttelte sich angewidert. »Mich hat mal einer im Lake Lainier erwischt. Ein Kerl von der Wasserwacht hat gleich Salz draufgekippt, da ist er abgefallen. Ein ekelhaftes Gefühl. Aber der Typ war zum Anbeißen, hat den Ärger fast gelohnt.«

Sailor lachte. »Im Radio hieß es, damals, in den zwanziger Jahren, hätte ein Arzt eine Theorie aufgestellt: Wenn einer bei einer Wirtshausschlägerei zum Beispiel mal die halbe Nase verlor und eine Hauttransplantation brauchen konnte, sollte man ihm einfach einen Unterarm an der Nase festnähen; nach ein paar Wochen könne man ihn dann wieder entfernen und auf das frische Stück Haut, das vom Arm dort angewachsen war, ein paar Blutegel setzen; das brachte angeblich den Blutkreislauf so auf Touren, daß die neue Haut haftenblieb.«

Lula saß auf dem Beifahrersitz des Bonneville und kurbelte das Fenster herunter. Sie hatten bereits die Vororte von New Orleans erreicht. »Sailor, willst du mir weismachen, ein Mann läuft wochenlang so herum, mit dem Unterarm an der Nase?«

Sailor nickte. »So wurde das eben früher gemacht. Klar gibt es heute andere, modernere Methoden. Im Radio hieß es, die Chinesen, glaube ich, hätten es für eine bessere Idee gehalten, einen Ballon an der Stirn zu befestigen, der auf die Nase herunterhängt.«

Lula schrie auf. »Sailor Ripley! Willst du wohl aufhören mit diesem Humbug, ich hör mir das nicht länger an!«

»Im Ernst, Lula«, sagte Sailor. »Vielleicht stimmen die Details nicht hundertprozentig, aber im großen und ganzen haben sie das so gesagt.«

»Liebling, wir sind in New Orleans«, sagte Lula, »und es ist Zeit, das Thema zu wechseln.«

Sailor bog in eine Gulf-Tankstelle mit Minimarkt. »Wir sitzen bald auf dem Trockenen, Sweetheart«, sagte er und hielt vor einer Zapfsäule zum Selbsttanken. Obendrauf stand ein Schild mit der Aufschrift BITTE VOR DEM TANKEN IM LADEN BEZAHLEN.

»Bringst du mir einen Schokoriegel mit?« rief Lula Sailor hinterher, als er in den Laden ging.

Vor ihm stand ein großgewachsener Schwarzer an der Kasse, um die Fünfunddreißig, mit einem zerrissenen grünen T-Shirt und ölverschmierter Arbeitshose; er steckte barfuß in löchrigen Turnschuhen, hatte eine schmutzige orangefarbene Baseball-Mütze von den *Saints* auf und türmte einen Haufen Zeug auf dem Ladentisch auf. Darunter vier Sandwiches in Plastikfolie, zwei mit Thunfischsalat und zwei mit Salami, sechs Riegel Twinkies, eine Packung Chips-Ahoy-Schokokekse, vier Dosen Cola, zwei Barqs-Malzbier und eine große Tüte geröstete Grieben, extra salzig.

»Verzeihung, meine Herren«, sagte er zu Sailor und dem anderen Mann, der gleich hinter Sailor hereingekommen war und ebenfalls darauf wartete, sein Benzin zu bezahlen, »bin gleich soweit mit meinem Einkauf hier.«

»Wär's das?« sagte der alte Mann hinter dem Ladentisch.

»Nehmen Sie American Express?« fragte der Mann.

»Jawohl«, sagte der Alte. Er trug eine grüne RedMan-Kautabak-Mütze und ein ausgebleichtes, ehemals blaues, kurzärmeliges Arbeitshemd, auf dem über der Brusttasche der Name Erv in schwarzer Schnörkelschrift aufgestickt war.

»Dann nehme ich noch ein bißchen mehr mit«, sagte der Mann.

Sailor und der Mann hinter ihm in der Schlange beobachteten, wie der Schwarze weiter einpackte: noch einige Twinkies, ein Stück abgepackten Sandkuchen und sechs Dosen Pretty-Kitty-Katzenfutter, je drei Leber- und drei Hühnerfleischdosen, und er stapelte alles auf einen Haufen.

»Miezekatzen müssen schließlich auch satt werden«, sagte er zu Sailor und lächelte. Soweit man sehen konnte, fehlte ihm die ganze obere Zahnreihe.

Er gab dem Tankwart seine Kreditkarte, der sie in den Prüfautomaten steckte. Die Karte war o.k., und der Alte füllte den Quittungsbeleg aus, ließ den Mann unterschreiben und packte ihm die Sachen ein.

»Wenn es Ihnen nichts ausmacht, hätte ich lieber eine Papiertüte als eine aus Plastik«, sagte der Mann zu dem Tankwart.

»Andere haben wir nicht«, sagte dieser und schob dem Mann die vollgepackte Plastiktüte über den Tisch.

»Vielen Dank für Ihre Geduld, meine Herren«, sagte der Mann zu Sailor und dem anderen, nahm seine Tüte und ging.

»Alles, was ich brauche, ist für zehn Dollar Normal«, sagte Sailor zu dem Alten. »Ach ja, und einen Riegel Mounds.«

Er nahm einen von dem Bord mit den Süßigkeiten und Kaugummis neben der Kasse und gab dem Tankwart einen Zwanzigdollarschein.

»Hab leider meine American-Express-Karte nicht bei mir«, sagte er, »ich muß also bar bezahlen. Hoffe, das ist o.k.«

Sailor lachte den Alten an, aber der verzog keine Miene und gab ihm das Wechselgeld. Der Kerl hinter Sailor schüttelte den Kopf und grinste.

»Wird aber auch Zeit«, sagte Lula, als Sailor zurückkam. »Hast du mein Mounds vergessen?«

Sailor warf ihr den Schokoriegel zu.

»Na, sehr viel kann sich die Welt ja nicht weitergedreht haben, während ich weg war, Peanut«, sagte er.

Lula grub ihre kleinen weißen Zähne in die mit Schokolade überzogene Kokosmasse.

»Aber man darf sie nicht aus den Augen lassen«, sagte sie kauend, »soviel steht fest.«

Bis Sailor fertig war mit dem Tanken, hatte Lula beide Hälften des Mounds-Riegels bereits vertilgt.

»Hoffe, du bist mir nicht böse, daß ich dir nichts aufgehoben habe«, sagte Lula, als Sailor wieder auf den Fahrersitz kletterte. »Ich war am Verhungern.«

Geflügelte Ratten

»Ich mag es, wenn deine Augen wild werden, Liebling. Sie leuchten dann auf, fast ganz und gar blau, und drehen sich wie kleine Windräder, und kleine weiße Fallschirme springen heraus.«

Sailor und Lula hatten sich gerade in ihrem Bett im Hotel Brazil in der Frenchman Street geliebt.

»O Sailor, du weißt immer, was in mir vorgeht. Ich meine, du bist so feinfühlig. Und ich schwöre, du hast den süßesten aller Pimmel. Manchmal ist es, als ob er mit mir spricht, wenn du in mir drin bist. Als ob er eine eigene Stimme hat. Du wirfst mich einfach um.«

Lula zündete sich eine Zigarette an, stand auf und ging hinüber zum Fenster. Sie streckte den Kopf hinaus und machte den Hals lang, aber sie konnte nicht ganz bis zum Fluß sehen. Dann setzte sie sich nackt ans Ende des Tisches unter dem offenen Fenster, schaute hinaus und rauchte.

»Genießt du die Aussicht?« fragte Sailor.

»Hab gerade dran gedacht, daß die Leute öfters tagsüber vögeln sollten. Ich glaube, dann gäbe es längst nicht soviel Tamtam um die ganze Sache.«

»Was denn für Tamtam?«

»Ach, weiß nicht. Kommt mir nur so vor, als ob die Leute es nachts viel wichtiger nehmen. Da haben sie alle möglichen exotischen Erwartungen, schätze ich, und dann geht's eben schief. Tagsüber ist es einfacher, denk ich mir.«

»Wahrscheinlich hast du recht, Süßes«, sagte Sailor. Er gähnte, warf das Laken zurück, mit dem er sich zugedeckt hatte, und stand auf. »Gehen wir runter, was essen, o.k.? Sonst brech ich zusammen, bevor es dunkel wird.«

Sailor und Lula saßen an der Theke von Ronnies-Nothin'-Fancy-Café an der Esplanade und tranken aus großen Tassen

Kaffee. Lula halbierte einen riesigen, mit Marmelade gefüllten Krapfen und leckte sich den Puderzucker von den Fingern. Ein Mann auf einem Hocker neben Sailor zündete sich einen »krummen Hund« mit Rumgeschmack an.

Sailor sagte zu ihm: »Mein Großvater hat auch diese ›krummen Hunde‹ geraucht. Wolf Brothers haben die geheißen.«

»Sieben Cent haben sie mal gekostet, das Stück«, sagte der Mann. »Jetzt kriegt man fünf für einen Dollar, manchmal zahlt man sogar einen Dollar fünfzig. Möchten Sie einen?«

»Nein danke«, sagte Sailor, »nicht beim Essen.«

»George Kovich«, stellte sich der Mann vor und streckte seine schwielige, leberfleckige Hand aus, deren Finger mehr als einmal gebrochen schienen. »Sie haben vielleicht schon von mir gehört.«

Sailor schüttelte seine Hand. »Sailor Ripley. Und die Dame hier heißt Lula Pace Fortune.«

Lula nickte und lächelte zu George Kovich hinüber.

»Angenehm, junge Frau«, sagte Kovich.

»Kann mich nicht erinnern«, sagte Sailor. »Sollte ich Sie aus einem bestimmten Grund kennen?«

»Vor einiger Zeit, da stand mein Name in allen Zeitungen. Zwei, nein drei Jahre ist das her. Jetzt bin ich sechsundsiebzig, damals war ich dreiundsiebzig. Hatte ein Geschäft in Buffalo, New York, mit dem schönen Namen ›Geflügelte Ratten‹. Ich hab Tauben abgeschossen für jeden, der welche loshaben wollte. Das Geschäft lief gut, wirklich ausgezeichnet, drei, vier Monate lang, bis sie mir den Laden dichtgemacht haben.«

»Warum haben Sie Tauben umgebracht, Mister Kovich?« fragte Lula. »Waren Sie in der Schädlingsbekämpfungs-Branche?«

»Nein, Madam, ich war Malermeister, einundvierzig Jahre lang in der Gewerkschaft. Jetzt bin ich in Rente und wohne bei meiner Schwester Ida. Ida ist vor fünfundzwanzig Jahren hierhergezogen und hat einen Ölhändler namens Smoltz geheiratet, Ed Smoltz. Der ist schon tot, es sind also nur noch Ida und ich übrig. Nachdem die Stadt Buffalo mir das Geschäft ruiniert hat, hab ich mein Haus verkauft und bin hier runter gezogen. Himmel, mit den ›Geflügelten Ratten‹ hat Kovich ihnen einen Dienst erwiesen, und sie haben mich wegen Gefährdung der Allgemeinheit angeklagt!«

»Erzählen Sie uns doch von den Tauben, Mr. Kovich«, sagte Lula.

»Sie sind ein nutzloses Ungeziefer. Ich habe Hunderte von ihnen abgeschossen. Meine Nachbarn haben mich angeheuert, ihre Dächer und Terrassen zu säubern. Die Biester machten einen Höllenlärm und ließen überall ihren Dreck fallen. Ich habe gründliche Arbeit geleistet. Allein auf meinem eigenen Grund und Boden habe ich innerhalb weniger Tage hundertzehn von diesen fliegenden Mistviechern erlegt. Da wollten die Nachbarn natürlich wissen, warum die gefleckten Biester ausgerechnet mein Haus und das meines Bruders Earl verschonten, also hab ich ihnen die Wahrheit gesagt, daß ich sie abknallte. Earl ist von uns gegangen, vor sechs Monaten, ein Herzanfall. Seine Witwe Mildred wohnt noch da, in dem Haus neben meinem. Sie ist stocktaub, aber den armen Earl haben die Tauben mit ihrem Spektakel halb um den Verstand gebracht. Er hörte sie noch bei laufendem Fernseher. Dreißig Jahre lang war er Wirt im Boilermaker in der Wyoming Street. Earls Dach war ein beliebter Sammelplatz für die Vögel. Tag und Nacht hockten sie dort oben. Am liebsten hätte ich eine Granate raufgejagt.«

»Wenn die Nachbarn sich nicht beschwerten, was konnte man Ihnen dann anhaben?«

»Eine Frau hat mich im Vorbeifahren mit meiner Flinte auf dem Dach gesehen. Hat die Polizei alarmiert, und die kam und hat mich verhaftet. Dachten, ich sei ein Heckenschütze. Mit dreiundsiebzig Jahren. Die Jungs von den *Veterans of Foreign War* haben sich kaputtgelacht. Aber die Bullen, die hatten doch keine Ahnung, was die Tauben mit unserem Eigentum anrichten konnten. Immer wieder hatte ich mich bei der Stadt beschwert, aber die haben keinen Finger gerührt. Ich wollte schon Gift streuen, wenn ich nicht befürchtet hätte, daß es eine Katze aus der Nachbarschaft hätte fressen können. Und selber hatte ich ja auch sechs Katzen. Also entschloß ich mich für die 22er, die machte keinen allzu großen Lärm, und die Munition war billig.«

»Und was kam bei der Verhandlung raus?« fragte Sailor.

»Verminderte Schuldfähigkeit. Hundert Dollar Geldstrafe und Untersagung der Berufsausübung. Tauben sind Krankheitsüberträger, und sie verschmutzen die Häuser. Wenn man das mal gesehen hat. So eine Schweinerei!«

Kovich stand auf und legte sein Geld auf den Tresen. Er war trotz eines kleinen Buckels eine mächtige Erscheinung, an die einsachtzig hatte er bestimmt. Er wirkte kräftig, und für einen über Siebzigjährigen hatte er ein erstaunlich temperamentvolles Auftreten.

»Die Lage ist ernst«, sagte er, »nicht wie zwischen Türken und Armeniern oder Arabern und Juden, aber ich möchte, daß die Leute mich und mein Vorgehen im Gedächtnis behalten und da weitermachen, wo ich aufgehört habc. Einer mußte ja mal was tun. War nett, mit euch zu plaudern, also dann. Ida wartet auf mich.«

Nachdem George Kovich weg war, bestellte sich Lula noch einen gefüllten Krapfen und ließ sich Kaffee nachschenken.

»Ich war mal im *Krapfenparadies*«, sagte sie zu Sailor. »Da sehe ich vor mir auf dem Krapfen mit Cremefüllung, den ich mir grade bestellen will, eine dicke fette Küchenschabe. Als ich das Mädchen hinter der Theke darauf aufmerksam mache, meint sie nur, es täte ihr leid, aber selbst wenn sie wollte, könnte sie ihn mir nicht billiger verkaufen. Wäre Mr. Kovich an meiner Stelle gewesen, er hätte wahrscheinlich seine Knarre rausgeholt und dem Vieh an Ort und Stelle den Garaus gemacht.«

Tempo Tempo

»›*Locomotion* mach ich nicht mehr.‹«

»Wie bitte?« sagte Sailor. »Was tust du nicht mehr?«

»Das hab ich grade hier gelesen. In der *Picayune Times*«, sagte Lula. »Von Little Eva und ihrem Lied ›The Locomotion‹, das war ein Schlager, als wir noch gar nicht auf der Welt waren.«

»Der ist immer noch gut«, sagte Sailor. »Was steht denn da?«

»Little Eva arbeitet jetzt an etwas ganz Neuem, einem Tanzstück«, las Lula laut vor. »›Locomotion mach ich nicht mehr‹, sagt Eva Boyd und wischt die Theke in *Hanzies Grill* sauber, einem Spezialitätenlokal der Schwarzen in Kingston, North Carolina. Vor fünfundzwanzig Jahren stand Eva Boyd als ›Little Eva‹ an der Spitze der Hitparade, mit ihrem Lied ›The Locomotion‹. ›Gebratenen Hühnern was vorzusingen, ist nicht mein Fall‹, sagt die nun dreiundvierzigjährige Eva Boyd. Im Gospelchor ihrer Kirche, da singe sie immer noch, und vielleicht werde sie demnächst eine Platte aufnehmen. ›Sie hat eine wundervolle Stimme‹, schwärmt die Bedienung Loraine Jackson.«

»Gut zu wissen, daß sie das Singen nicht ganz aufgegeben hat«, sagte Sailor, »so eine Stimme ist ein Geschenk.«

Sailor und Lula saßen auf einer Bank am Ufer des Mississippi und betrachteten die vorbeiziehenden Frachter und Schleppkähne. Es war schon spät, und der Himmel schimmerte in weichen, hellvioletten Tönen.

»Ich glaube, wir sollten nicht allzu lang in New Orleans herumtrödeln«, sagte Sailor. »Hier werden sie uns garantiert zuallererst suchen.«

Lula legte die zusammengefaltete Zeitung wieder neben sich auf die Bank.

»Was kann Mama uns schon anhaben?« sagte sie. »Wenn sie mich nicht kidnappen lassen will, hat sie keine Chance, mich ohne dich zurückzubekommen. Und dich könnte man höchstens wegen Verletzung der Meldepflicht in der Bewährung belangen. Mehr ist nicht drin bis jetzt.«

»Kennst du Dimwit Taylor, diesen Kerl, der immer vor Fattys Fundgrube herumlungert?«

»Klar. Der Typ mit dem zahnlosen Maul, mit dem er einen immer so gräßlich angrinst und sagt ›Der Mensch ist nicht allein, solang er einen Hund hat.‹ Nur hat er eben keinen.«

»Genau den meine ich.«

»Was ist mit dem?«

»Hast dich schon mal mit ihm unterhalten?«

»Nicht direkt. Er sieht immer aus, als sei er grade aus einer Mülltonne gekrochen. Und danach riecht er auch.«

»Er war mal Profispieler, hauptsächlich bei irgendwelchen drittklassigen Vereinen im Süden. Hat erzählt, er hätte mal für Alabama gespielt, muß um die vierzig Jahre her sein, sie traten gegen ein Team aus Birmingham an, das einen phänomenalen Außenfeldspieler hatte, ein Junge, der einfach jeden Ball erwischte. Keiner in Dimwits Mannschaft schaffte es, den Ball über den Kopf des Jungen hinwegzuschlagen. Er drehte sich nur um, spurtete los und schnappte sich den Ball aus der Luft, als wäre er ein Körnchen Staub. Als Dimwit nach dem Spiel mit dem Jungen redet, da stellt sich heraus, daß er erst fünfzehn Jahre alt ist.«

»Und was hat das alles mit unserer Flucht zu tun?«

»Genau darum geht es«, sagte Sailor. »Dimwit hat den Knaben gefragt, woher er immer so genau wüßte, in welche Richtung der Ball geschlagen würde, und wie er ihn immer vor dem Aufprall auf den Boden noch erwischte. Und der Junge antwortete: ›Mal ist es das Tempo, mal die Reichweite.‹ Dimwit sagte, der Junge hatte den Dreh einfach raus, und er hat es auch prompt geschafft bis in die Spitzenmannschaften.«

»Und du meinst also, du hättest die Reichweite, ja?«

Sailor lachte. »So ist es, Peanut. Alles, was ich brauche, ist ein bißchen Selbstvertrauen. Genug Tempo hab ich sowieso.«

Lula schmiegte sich an Sailors Seite und legte den Kopf auf seine Brust. »Ich mag, wie du redest, Sailor. Und weißt du was? Ich glaube dir, wirklich, ich glaube dir jedes Wort.«

Locus Coeruleus

An seinem ersten Abend in New Orleans saß Johnnie Farragut im *Snug Harbor* an der Bar und sah sich im Fernsehen an, wie die *Braves* wieder mal verloren, diesmal gegen die *St. Louis Cardinals.* Am anderen Ende der Theke schimpfte ein Mann lautstark über die Unfähigkeit des Teams aus Atlanta.

»Die *Cardinals* haben nicht einen einzigen Spieler, der den Ball über das Innenfeld hinausschlägt, und trotzdem machen die *Braves* keinen Punkt«, rief der Mann. »Murphy muß ein Heiliger sein, daß er nicht das Trikot wechselt. Der könnte ohne Probleme bei den New Yorkern, in Los Angeles oder bei sonst einem beliebigen Siegerclub unterkommen und leicht seine zwei Millionen im Jahr kassieren.«

»Vielleicht mag er das Klima in Atlanta«, sagte ein anderer.

»Klar doch, und Mutter Teresa erwartet ein Baby von Bischof Tutu«, sagte der Barkeeper.

Johnnie bestellte sich noch einen doppelten Black-Label mit Eis und packte Stift und Notizblock aus. Er hatte schon immer davon geträumt, Bücher zu schreiben, am liebsten Geschichten für eine Fernsehserie wie *The Twilight Zone, The Outer Limits* oder *One Step Beyond,* aber die gab es leider alle nicht mehr. Immer wenn Johnnie eine Idee für eine Geschichte hatte, schrieb er sie sofort nieder. Und gerade in diesem Moment spürte er ein Kribbeln in seinem Locus Coeruleus, dem Teil des Gehirns, in dem Träume entstanden. Er hatte das irgendwo gelesen, und er glaubte fest daran, daß der Locus Coeruleus das Zentrum seiner Kreativität war. Ein Signal von dort entging Johnnie niemals. Er nahm sein Glas und den Notizblock und setzte sich in eine Nische, um ungestört zu sein. Die Suche nach Sailor und Lula mußte eben warten.

Ein guter Draht
von Johnnie Farragut

Harry Newman saß in *Barneys Tavern* am Ende der Bar und sah sich das Baseballspiel im Fernsehen an. Mit einem Fehler in der Abwehr der *Braves* ging der Sieg kurz vor Spielende an St. Louis. Harry entfuhr ein unterdrücktes Fluchen. Er hatte am Morgen eine Wette abgegeben: vierzig Dollar auf einen 5:2-Sieg für Atlanta; ein guter Tip, hatte er sich noch gedacht. Sie hatten einfach verdammtes Pech gehabt, sagte er sich. Alles, was der Kerl hätte tun müssen, war, den Handschuh hinzuhalten und den Ball aufs zweite Mal zu zielen, um den Gegenspieler zum Laufen zu zwingen. Statt dessen ging der Ball durch, bis weit ins Außenfeld, zwei Läufer machten Punkte, und das war das Ende vom Lied.

Harry trank sein Bier aus und rutschte vom Hocker. Barney kam hinter der Theke vor. »So ein Pech, Harry«, sagte er. »Das hättest du dir aber denken können. Die *Braves* haben noch nie Glück gehabt in St. Louis.« – »Ja, und ich hab überhaupt noch nie irgendwo Glück gehabt«, sagte Harry, als er rausging. »Immer dasselbe mit dem Kerl«, sagte Barney zu dem Mann, der neben Harry gesessen hatte. »Er hat einfach keine Ahnung vom Wetten. Neun- von zehnmal verliert er.« – »Manche sind eben so«, sagte der Mann. »Sie lernen nichts dazu.«

Harry ging Richtung Innenstadt, schlenderte dahin, ohne festes Ziel. Er stieß mit jemandem zusammen, entschuldigte sich, und als er aufsah, da stand es plötzlich vor ihm: ein zitronengelbes 57er Buick Cabrio. Ein Schmuckstück von einem Auto, in allerbestem Zustand, stand da in der vordersten Reihe von Al Carsons Gebrauchtwagenpark. Harry ging schnurstracks drauf zu, strich mit der Hand über den rechten vorderen Kotflügel, über die Kühlerhaube und weiter über das Dach. Das war das prachtvollste Auto, das er je gesehen hatte.

»Nicht übel der Schlitten, was, Harry?« sagte Al Carson, ein kleiner, verhutzelter alter Mann, und trat hinter ihn. Harry drehte sich nicht mal um zu dem Autohändler. Er konnte seinen Blick einfach nicht losreißen von dem alten Buick. »Das kann man wohl sagen«, sagte Harry. »Sieht nagelneu aus.« – »Ist er auch fast«, sagte Al. »Nur eine Winzigkeit über fünfzehntausend Meilen ist er gelaufen, und das in dreißig Jahren. Eine alte Dame hatte ihn in ihrer Garage stehen. Die ist nur sonntags damit in die Kirche gefahren und alle zwei Wochen mal auf Besuch zu ihrer Schwester am anderen Ende der Stadt. Kaum zu glauben, ich weiß, aber es ist die reinste Wahrheit.«

»Wieviel, Al?« fragte Harry. »Was willst du für ihn haben?« – »Drei Riesen«, sagte Al. »Aber weil du es bist, sagen wir zweifünfundsiebzig.« – »Ich hab ungefähr vierzig bei mir, Al«, sagte Harry. »Wie wär's, du kriegst die vierzig gleich und dann jeden Monat hundert dazu.« – »Ich weiß nicht recht, Harry«, sagte Al und wackelte mit dem kleinen, fast kahlen Kopf. »In letzter Zeit warst du nicht besonders flüssig.« – »Komm schon, Al. Du kriegst dein Geld. Todsicher. Ich muß dieses Prachtstück einfach haben.«

Harry ging um den Wagen herum, öffnete die Fahrertür und setzte sich hinein. »Heh, was haben wir denn da?« sagte er. »Ein Autotelefon? Davon gab's vor dreißig Jahren bestimmt noch nicht viele.« – »Funktioniert selbstverständlich nicht«, sagte Al. »Hat es auch früher nicht, soviel ich weiß. Macht nicht den Eindruck, als sei es jemals in Betrieb gewesen. Ich hab den Wagen dem Sohn der alten Dame abgekauft, der konnte mir auch nichts Näheres sagen. Er meinte nur, ihm wär es auch immer komisch vorgekommen. Wofür brauchte die Alte überhaupt ein Telefon da drin, frage ich mich.« Al lachte. »Ich schätze, ich sollte einen Aufpreis verlangen.«

Harry stieg wieder aus und gab Al die beiden Zwanziger. »Komm schon, Al. Gib deinem Herzen einen Stoß. Du kennst mich doch. Ich werde nicht abhauen und irgendwo untertauchen.« – »Dazu fehlt dir auch das nötige Kleingeld«, sagte Al. »Also gut, ich denke, ich kann ihn dir überlassen. Komm mit rein ins Büro und unterschreib den Vertrag, dann kannst du gleich damit loszischen, der Motor läuft wie geschmiert.«

An diesem Tag fuhr Harry mit seinem 57er Buick kreuz und quer durch die Stadt, stolz wie Oskar, jeder sollte ihn sehen. Als er sämtliche Straßen abgefahren hatte, wollte er ein bißchen raus aus der Stadt und mal auf die Tube drücken und sehen, was der Wagen auf offener Landstraße brachte. Nicht weit hinter der Stadtgrenze begann es zu regnen. Harry schaltete die Scheibenwischer an, sie funktionierten prima. Mit einem leisen Strich wischten sie das Wasser von der Scheibe. Harry gab dem Buick die Sporen und flitzte über die Landstraße wie ein Blitz. In einer Kurve geriet er jedoch auf eine Ölspur, und Harry verlor die Kontrolle. Er gab sich alle Mühe, den Wagen auf der Fahrbahn zu halten, aber er schlingerte, kam ins Schleudern und rutschte schließlich zur Seite weg in den Straßengraben. Beim Aufprall verlor Harry das Bewußtsein.

»Hier Vermittlung. Was wünschen Sie? Hallo, hier spricht die Vermittlung, was kann ich für Sie tun?« Harry kam langsam zu sich, geweckt von der Stimme. Jemand sprach zu ihm. Aber wer? Er schüttelte den Kopf, schlug die Augen auf und sah, daß der Telefonhörer von der Gabel gefallen war. »Hallo? Hallo? Hier Vermittlung. Welche Nummer wollen Sie?« Die Stimme kam aus dem Autotelefon. Harry schüttelte noch mal den Kopf. Er dachte, seine Phantasie ginge mit ihm durch, sein Kopf wäre noch benebelt von dem Schlag. Aber nein, es war tatsächlich die Frau vom Amt, die da sprach.

Harry nahm den Hörer. »Hallo«, sagte er, »Vermittlung? Tut mir leid, ich... ich hatte eben einen Unfall und sitze im Straßengraben. Ich meine, mein Auto sitzt fest. Ich muß bei dem Gewitter die Kontrolle verloren haben und bin von der Fahrbahn abgekommen. Nein, mir ist nichts passiert, glaube ich«, sagte er zu ihr. »Wo ich bin?« Harry versuchte sich auf seinem Sitz umzudrehen und zum Fenster hinauszusehen. Der Regen hatte aufgehört. »Ungefähr fünfzehn Meilen außerhalb der Stadt, schätze ich. Auf der Old Valley Road. Könnten Sie den Abschleppdienst für mich rufen? Ja, selbstverständlich, ich bleibe dran.« Harry drehte den Kopf und griff sich an die Schulter und an die Beine. Es war alles noch dran, anscheinend war er heil geblieben. Eine andere Stimme kam aus dem Hörer. »Buds Autowerkstatt? Ach so, ja, also ich hatte einen Unfall. Sie wissen schon Bescheid? Zwanzig Minuten? Großartig, prima. Nein, danke, ich glaube, ich brauche nichts.« Harry legte auf und starrte auf das Telefon.

Zwanzig Minuten später kam der Abschleppwagen. Auf den Türen stand die Aufschrift »BUDS-24-STUNDEN-ABSCHLEPPDIENST«. Ein großer Mann um die Fünfzig mit einem Zweitagebart und einer kalten Zigarre im Mund kletterte aus dem Fahrerhaus und kam auf Harry zu, der neben dem Buick stand. Der Mann trug ein dunkelblaues Arbeitshemd und hatte die Ärmel hochgekrempelt. Über der linken Brusttasche prangte der Name Bud.

»Diese alten Karossen halten eben noch was aus. Da kommen die neuen nicht mit«, sagte Bud, als er sich den Buick aus der Nähe ansah. Harry lachte. »Da ist was dran«, sagte er. »Bis zu der Kurve da hinten gab es keinerlei Probleme.« Bud ächzte und ging in die Knie, um das rechte Vorderrad in Augenschein zu nehmen, das ziemlich verbogen war. Wieder ächzte Bud und richtete sich auf. »Jaja, ich hab noch den alten Packard von meinem Vater, Baujahr '36, der läuft auch prima«, sagte er. »Das nenn ich ein Auto. Solang man es sorgfältig wartet, läßt einen das nicht im Stich. Heutzutage rollen die Dinger doch vom Fließband wie die Ostereier. Die sind gar nicht gebaut, um lange zu halten. Mal sehen, wie wir das Baby hier rausbekommen«, sagte Bud auf dem Weg zurück zum Abschleppwagen.

Es dauerte keine zehn Minuten, und er hatte den Buick hochgehievt und aus dem Graben gezogen. »Springen Sie rauf auf den Bock«, sagte er zu Harry. »Wir bringen ihn in die Werkstatt und biegen das Rad wieder grade.« Sie kletterten ins Fahrerhaus, und Bud fuhr los in Richtung Stadt. Er streckte den Arm aus und schaltete das Radio an. »Sagen Sie mal, das Telefon in dem Wagen, haben Sie das selber eingebaut? Läuft das über Kurzwelle?« Harry nickte, immer noch wirr im Kopf. »Nein, äh... ja, klar, so ist es.«

Das Radio in dem Laster fing an zu rauschen, als es warm wurde, und Bud fummelte während der Fahrt am Senderknopf.

»Ich muß unbedingt das Spiel hören. Auf wen setzen Sie denn? Auf die *Braves* oder die *Yanks?«* – »Wie?« fragte Harry. »Na, heute ist doch der erste Spieltag bei der Meisterschaft. Also, ich für meinen Teil bin *Milwaukee*-Anhänger. Spahn und Burdette werden schwer zu schlagen sein in der ersten Runde«, sagte Bud. »Aber wer mir echtes Kopfzerbrechen bereitet, ist Ford, dieser kleine, drahtige linke Außenfeldspieler. Und eins weiß ich hundertprozentig.« – »Und das wäre?« fragte Harry, er wußte immer noch nicht recht, worum es ging. »Dieser Larsen wird so eine Topform wie letztes Jahr nicht noch mal haben.« Bud lachte. »Darauf verwette ich sogar mein Radio!«

»Larsen, der hatte doch diesen Glanzauftritt in der Meisterschaft von '56!« sagte Harry. »Ganz recht, stimmt, Kumpel«, antwortete Bud. »Sag ich doch, letztes Jahr. So wird keiner mehr spielen, solange wir leben, garantiert nicht.« In dem Augenblick kam der Sender rein, und im Lastwagen ertönte die Stimme von Mel Allen, dem New Yorker Reporter der *Yankees*. »Willkommen zur Übertragung der Weltmeisterschaft«, sagte Mel Allen in seinem unverwechselbaren Singsang. »Es ist ein wundervoller Nachmittag hier am 2. Oktober 1957, an dem die *Braves* und die *New York Yankees* sich zum Kampf vorbereiten, hier in dem Stadion, in dem schon Babe Ruth seine Triumphe feierte.«

Harry kratzte sich am Kopf und brachte kein Wort heraus. Dann entspannte er sich, und ein Lächeln flog über sein Gesicht; plötzlich fühlte er sich pudelwohl in seiner Haut. »Also, was ist Ihr Tip?« fragte Bud. »Die *Braves* gewinnen in sieben Spielen«, sagte Harry. »Darauf können Sie wetten.« – »Das wollte ich hören!« sagte Bud und schlug mit der Faust aufs Lenkrad. Harry grinste nur und schaute auf die Straße. Als der Laster am Ortsschild vorbeifuhr, sagte Harry: »Ich setze ein paar Scheinchen auf die *Braves*. Ja, ich glaube, genau das werde ich gleich tun.«

Wie die Tiere leben

»Hast du gewußt, daß Mama 1963 an der Wahl zur ›Miss Georgia Chick‹ teilgenommen hat?« fragte Lula.

»Nein, Sweetheart, keine Ahnung. Aber ich dachte immer, man kann an so einem Wettbewerb nur teilnehmen, wenn man in Georgia wohnt«, sagte Sailor.

»Hat sie ja auch, bei meiner Großtante Eudora, Tante Rooties Mama. Du weißt schon, Rootie, die Mama von meinem Cousin Dell. Dell, der durchgedreht und vor einiger Zeit verschwunden ist. Also, das war bevor sie meinen Daddy geheiratet hat, das heißt vor 1968. Jedes Jahr gibt es diesen Schönheitswettbewerb in Gainesville, Georgia, oder es gab ihn früher jedenfalls. Und Eudoras beste Freundin, Addi Mae Audubon, die in direkter Linie mit dem Erfinder der Vogelbeobachtung verwandt ist, hat Mama reingebracht. Ich hab das Armkettchen, das sie von den Preisrichtern überreicht bekam, noch zu Hause, echt Silber. ›Wahl zur Miss Georgia Chick 1963‹ steht drauf eingraviert.«

»Und was hat die Siegerin bekommen?«

»Wahrscheinlich ein Auto oder so was, vielleicht auch eine Reise nach Miami Beach. Als ich Mama fragte, sagte sie, sie hätte nicht gewonnen, weil ihr Busen zu klein war für den Einteiler, den sie tragen mußte. Aber das beste Gebiß hätte sie gehabt von allen, sagte sie. Die Gewinnerin? Mama sagte, die hatte Zähne, fast so groß wie ihre Titten. Ich hab ein Foto gesehen von dem Wettbewerb, mit Miss Georgia Chick, wie sie eine Schachtel voll Hähnchenküken hält. Und direkt daneben steht Mama.«

»Weißt du, was man mit denen macht?«

»Womit? Mit den Küken?«

»Ja, die werden kleingehackt und zu Düngemittel verarbeitet. Zum Braten eignen sich nur die Hennen.«

Lula verzog das Gesicht. »O Sailor, das ist ja gräßlich. All die kleinen Babys einfach umzubringen.«

»Wird aber so gemacht«, sagte Sailor.

»Naja, Mama sagte, der Gestank dort war unerträglich. Der zog sich über ganz Gainesville. Von den Hühnerfarmen. Das hätte sie nie vergessen. Im Jahr darauf ist sie wieder zurück nach Hause gezogen.«

Sailor und Lula hatten sich noch nicht schlafen gelegt, obwohl es schon vier Uhr morgens war. Sie lagen auf ihrem Bett im *Hotel Brazil* und hielten sich an der Hand. Das Licht der Straßenlampen kam unter der Jalousie durch und kroch wie eine blaue Schlange über ihre Körper.

»Sailor?«

»Liebling?«

»Hast du dir schon mal vorgestellt, von einer wilden Bestie bei lebendigem Leib aufgefressen zu werden?«

»Du meinst, von einem Tiger?«

»Ja, so was. Manchmal denke ich, das muß total aufregend sein.«

Sailor lachte. »Na hoffentlich, schließlich wär es das letzte, was man erlebt.«

»Von einem Gorilla zerfetzt zu werden, zum Beispiel«, sagte Lula.

»Wie wär's mit einer Python, die einen erwürgt?«

Lula schüttelte den Kopf. »Nein, das wäre nicht das Richtige, das ginge viel zu langsam. Und dann würde man spüren, wie einem die Rippen brechen und die Eingeweide herausquellen. Da möchte ich schon lieber von einem bärenstarken Monster in Stücke gerissen werden.«

»Lula, ich muß zugeben, manchmal hast du wirklich die verrücktesten Einfälle.«

»Alles Interessante stammt von Leuten mit einer wilden Phantasie, Sailor. Voodoo zum Beispiel wurde bestimmt nicht von einem Einfaltspinsel erfunden.«

»Voodoo?«

»Klar. Wie würdest du es sonst nennen, wenn Puppen mit Nadeln gespickt werden, damit irgend jemand sich vor Schmerzen windet oder einen Herzanfall bekommt? Oder wenn man die

Fingernagelschnipsel von jemandem aufkocht, damit er sich die Seele aus dem Leib kotzt und tot umfällt. Wem solches Zeug einfällt, der muß doch total verrückt sein.«

»Überzeugt, Peanut.«

»Bestimmt?«

»Ich kenne keinen, der dir in der Beziehung das Wasser reichen könnte, Süßes.«

Lula rollte sich herum und legte sich auf Sailor.

»Greif zu, nimm dir einen Bissen von Lula«, sagte sie.

Sailors Traum

»Er ist hier«, sagte Lula. »Johnnie Farragut. Ich hab ihn gesehen.«

»Wo?«

»Drüben im *Café du Monde*. Er hat draußen gesessen.«

»Hat er dich erkannt?«

»Ich glaub nicht. Ich kam grade aus dem Pralinengeschäft gegenüber. Da hab ich ihn entdeckt und hab sofort kehrtgemacht und bin zurück ins Hotel. Ich schätze, das heißt, wir sollten die Fliege machen, oder, Sailor?«

»Da hast du recht, Süßes. Komm, setz dich einen Moment zu mir!« Lula legte die Pralinenschachtel auf die Kommode und setzte sich neben Sailor aufs Bett. »Es wird alles o.k., Liebling. Ich geh schnell runter und mach einen Ölwechsel, dann sind wir hier weg.«

»Sailor?«

»Mhm?«

»Weißt du noch, als wir mal abends hinter dem Denkmal des Konföderierten Soldaten saßen? Wir hatten uns gegen den Stein gelehnt, und du hast meine Hand an dein Herz gehalten und gesagt: ›Spürst du, wie es schlägt? Merk's dir gut, es gehört jetzt dir!‹ Kannst du dich erinnern?«

»Jede Silbe.«

Lula legte den Kopf in Sailors Schoß, und er streichelte ihr glattes schwarzes Haar.

»Ich hab gehofft, du würdest dich erinnern. Ich weiß noch jede Sekunde von dem Abend. Manchmal denk ich, es war die schönste Nacht meines Lebens, Liebling.«

»Wir haben gar nichts Besonderes gemacht, soviel ich weiß. Nur geredet, das war alles.«

»Reden ist super. Solange man das andere dabei nicht vergißt. Ich steh total auf Reden, falls du das noch nicht bemerkt hast.«

»Ich hatte einen Traum, während du weg warst«, sagte Sailor.

»Komisch, oben im Pee Dee hab ich fast nie geträumt. Vielleicht mal zwei, drei Minuten, sonst nichts, an das ich mich erinnern könnte. Wenn, dann von Mädchen, schätze ich, wie jeder da drin.«

»Und kannst du dich an den von eben erinnern?«

»Glasklar. Das war kein Vergnügen, Lula. Ich war in einer riesigen Stadt, vielleicht New York oder so, obwohl ich da noch nie gewesen bin. Es war Winter. Alles war voll Eis und Schnee. Ich wohnte zusammen mit meiner Mama in irgendeinem Loch. Sie war schwerkrank, und ich mußte Medizin für sie besorgen, bloß daß ich kein Geld hatte. Trotzdem hab ich ihr versprochen, die Tabletten zu holen, die sie brauchte. Ich war also draußen in den Straßen, und um mich herum rannten zehn Millionen Menschen kreuz und quer, so daß ich einfach nicht vorwärts kam in die Richtung, in die ich wollte. Ein starker Wind blies, und ich war nicht warm genug angezogen. Nur fror ich nicht, sondern schwitzte wie verrückt. Das Wasser lief mir nur so herunter. Und verdreckt war ich auch, als ob ich lange kein Bad mehr gesehen hätte, so daß der Schweiß fast schwarz war.«

»Mann o Mann, Süßer, das ist aber echt verrückt.«

»Kannst du wohl sagen. Ich ging immer weiter, obwohl ich weder Geld für die Medizin hatte noch eine Ahnung, wo ich sie bekommen konnte. Ständig stießen und rempelten mich die Leute in ihren dicken Wintermänteln an. Ich schätze, die hielten mich für einen Penner oder einen entsprungenen Irren in meinen schmutzigen armseligen Klamotten. Dann bist du mir eingefallen, und ich lief zu dir nach Hause. Es war nicht dein echtes Zuhause, sondern eins irgendwo in diesem kalten, dunklen New York, und der Weg zu dir war ewig lang.

Ich kämpfte mich Schritt für Schritt vorwärts, drückte mich durch die Menschenmassen. Es wurden immer mehr Leute, der Himmel sah aus wie am Tag, aber es war dunkel. Du hast in einem riesigen Hochhaus gewohnt, und ich mußte viele, viele Treppen hinaufsteigen, und endlich habe ich es doch gefunden. Du hast mir aufgemacht, aber du warst nicht gerade erfreut über meinen Besuch. Du hast immer wieder gesagt: ›Warum kommst du mich denn jetzt besuchen? Ausgerechnet jetzt?‹ So als ob wir uns sehr lange Zeit nicht gesehen hätten.«

»O Baby, was denkst du nur von mir? Ich wäre immer glücklich, dich zu sehen, egal, was passiert.«

»Ich weiß, Peanut. Du warst eigentlich auch nicht unglücklich darüber, eher verärgert über mein plötzliches Auftauchen. Du hattest kurze Haare mit einem Pony. Und kleine Kinder waren auch da; ich schätze, du warst verheiratet und dein Mann konnte jeden Moment nach Hause kommen. Ich schwöre dir, Lula, ich war klatschnaß. Diese schwarze Suppe lief an mir herunter, und ich wußte genau, daß ich dir einen Mordsschrecken einjagte. Also machte ich kehrt. Dann bin ich schweißgebadet aufgewacht, und ein paar Minuten später bist du zurückgekommen.«

Lula schob ihren Kopf hinauf zu Sailors Brust und legte die Arme um ihn.

»Manchmal bedeuten Träume einfach gar nichts. Das ist meine Meinung. Da springt einem Zeug in den Kopf, über das man keine Kontrolle hat. Es ist plötzlich da, und kein Mensch weiß, warum. Wie ich mal von einem Mann geträumt habe, der mich entführt und in einen Turm mit nur einem einzigen kleinen Fenster drin gesperrt hat, und drum herum war nichts als Wasser. Als ich Mama davon erzählt habe, hat sie gesagt, das seien Erinnerungen aus einer Geschichte, die ich mal als Kind gehört hätte.«

»Ich reg mich auch nicht besonders auf darüber, Liebling«, sagte Sailor. »Nur irgendwie hatte ich einen Moment lang ein verdammt komisches Gefühl, das ist alles.«

Lula hob den Kopf und küßte Sailor unter dem rechten Ohr.

»Träume sind auch nicht seltsamer als das richtige Leben«, sagte sie. »Manchmal nicht halb so verrückt.«

Der Polenvater

Johnnie Farragut saß auf einer Bank am Jackson Square und beobachtete zwei Touristen, die sich gegenseitig fotografierten. Das Pärchen unterhielt sich in einer Sprache, die er nicht verstand. Kroatisch vielleicht, dachte er, obwohl er keine Ahnung hatte, wie Kroatisch klang. Der Mann und die Frau waren klein, stämmig und wahrscheinlich so um die Dreißig, obwohl sie älter aussahen. Die Kleider hingen ihnen lose am Leib; sie waren ganz offensichtlich alles andere als maßgeschneidert. Nachdem jeder mehrmals mit Posieren und Fotografieren an der Reihe gewesen war, was ein beachtliches Maß an heißen Diskussionen und dramatischen Gesten erfordert hatte, verließ das Pärchen den Park.

Wie sie so davonwatschelten und in ihrem Kauderwelsch weiterstritten, fiel Johnnie ein Mann aus seiner Kindheit ein, der eine Weile in ihrer Straße gewohnt hatte. Der Mann – an seinen Namen konnte sich Johnnie nicht mehr erinnern – war Pole gewesen und hatte zwei Söhne gehabt, beide mit runden Gesichtern und strohigen Haaren, ein paar Jahre jünger als Johnnie. Zu der Familie hatte keine Mutter gehört, dafür eine nette alte Großmutter, die nur Polnisch sprach. Sie und Johnnie nickten sich jedesmal mit einem Lächeln zu, wenn sie sich auf der Straße begegneten. Auch der Vater war dick und rund, hatte eine Vollglatze und trug eine kleine Nickelbrille auf der Nase. Die Kinder hatten ständig schmutzige Gesichter, und sie schienen immer irgend etwas zu essen: Äpfel, Kuchen, Schokolade.

Der Polenvater baute in seinem Garten ein Boot. Jeden Abend hörte Johnnie ihn Nägel in Planken hämmern. Viele Nachbarn beschwerten sich schon über den Lärm, aber der Bau schritt unaufhaltsam voran, die ganzen eineinhalb Jahre, die sie dort wohnten. Bis spät in die Nacht lauschte Johnnie von seinem Zimmer aus dem Klopfen und Sägen. Soweit er es beurteilen konnte, handelte es sich um ein Segelboot. Ungefähr zu der Zeit begann er auch in der Bibliothek Bücher zu lesen wie *Kon-Tiki* und *Clipper Ship Days*. Und wenig später entdeckte er die Romane von Joseph Conrad, einem Polen, der in Wirklichkeit Jozef Teodor Konrad Nalecz Korzeniowski hieß, und von Herman Melville.

Der polnische Bootsbauer erweckte Johnnies Interesse für das Meer. Er fragte sich, wohin der Mann wohl segeln wollte, wenn das Boot erst fertig war. Johnnie erkundigte sich bei den Söhnen, aber die wußten es nicht. Sie zuckten nur mit den Achseln, sogen die dicken Wangen nach innen und pusteten den Rotz aus ihren dreckverschmierten Nasen direkt auf den Boden. Da seine Mutter jedesmal, wenn sie das Hämmern hörte, knurrte: »Schon wieder dieser Kerl!«, sprach er nie mit ihr darüber.

Eines Morgens, es war Herbstanfang, kam Johnnie am Haus der polnischen Familie vorbei und blieb stehen, um sich das Boot anzusehen. Es lag draußen im Garten, umgedreht auf zwei selbstgemachten Böcken, und war ungefähr zehn Meter lang. Der Mann hobelte gerade die Seitenflächen. Er nickte Johnnie zu und setzte die Arbeit fort. Auf dem kahlen Schädel stand ihm der Schweiß, und er summte eine schnelle, fremdartig klingende Melodie.

»Wo segeln Sie damit hin?« fragte Johnnie. Der Mann zögerte einen Augenblick und starrte Johnnie ausdruckslos an, als ob er die Frage nicht kapiert hätte. Johnnie wollte sie wiederholen, hielt sich dann aber zurück und wartete ab, denn vielleicht sprach der Mann ja nicht so gut Englisch. Schließlich widmete er sich mit einem Achselzucken und einem leisen Brummen wieder dem Hobeln. Dabei mußte er immer wieder die kleine Brille auf der kurzen, dicken Nase nach oben schieben, wenn sie herunterrutschte. Johnnie sah ihm noch ein paar Minuten zu, dann ging er weiter.

Im darauffolgenden Frühling verließ die polnische Familie die Stadt. Das Boot wurde auf einen Laster verladen und mit dicken Seilen festgezurrt. Der Mann fuhr mit den beiden Söhnen und der Großmutter im Wagen hinterher. Johnnie konnte sich nicht erinnern, wer den Lastwagen gefahren hatte, aber er wußte noch, wie er nach Hause kam und seiner Mutter erzählte, daß das Boot und die polnische Familie jetzt weg seien. Worauf sie nur meinte: »Dem Himmel sei Dank, daß wir uns dieses schreckliche Gehämmere nicht mehr anhören müssen.«

Vagabund

Außerhalb von Baton Rouge sagte Sailor zu Lula: »Jetzt halt deine Strümpfe gut fest, Sweetheart, wir sind im Land von Jimmy Swaggart.«

Lula kicherte. »Jimmy ist doch nur einer von diesen Geizkrägen von Pfaffen, die was umsonst haben möchten, das ist meine Meinung.«

»Im Pee Dee hab ich von einem Kerl gehört, Top Hat Robichaux hat er geheißen, der hier in der Gegend wohnen soll. Sein richtiger Name ist Clearance, glaube ich; er ist aus der Stadt Top Hat, ein kleines Stück nördlich von hier, nach der haben sie ihn benannt.«

»Was macht er?«

»War mal Safeknacker. Jetzt hat er seine eigene Sekte irgendwo auf dem Land oben in Top Hat, Louisiana. Er hat schon im Pee Dee damit angefangen, da hieß sie noch *The Holy Roller Rebel Raiders.*«

»Klingt wie eine Football Mannschaft«, sagte Lula. »Oder wie zwei.«

Sailor und Lula lachten. Sie rauschten in ihrem Bonneville auf der Interstate 10 Richtung Westen, nach wie vor mit geschlossenem Verdeck. Sailor ließ die Hauptstadt rechts liegen, blieb aber etwa eine Meile hinter der Stadtgrenze stehen, um einen Anhalter mitzunehmen.

»Bist du sicher, daß wir das tun sollen?« fragte Lula. »Durch so was könnten sie uns auf die Spur kommen.«

»Das ist doch noch ein Kind, Liebling. Sieh ihn dir an.«

Der Junge war vielleicht fünf- oder sechzehn Jahre alt, hatte einen Rucksack auf dem Rücken und eine große Pappschachtel, die er vorsichtig auf dem Rücksitz unterbrachte, in der Hand. Er strotzte nur so von Sommersprossen und Pickeln; außer dem Weiß in seinen hellblauen Augen gab es keinen freien Fleck auf seinem Gesicht. Das lange braune Haar war strähnig und unfrisiert und sah aus, als hätte es Wochen, wenn nicht Monate keine Seife gesehen. Er trug eine alte grüne Armeejacke; auf einem weißen Streifen über der linken Brusttasche war der Name MENDOZA in Großbuchstaben aufgenäht. Der Junge hatte ein schiefes Lächeln, bei dem seine krummen, gelben Zähne zum Vorschein kamen.

»Vielen Dank«, sagte er, stellte den Rucksack zwischen seinen Beinen auf den Boden und machte es sich bequem. »Zwei Stunden warte ich alles in allem schon hier draußen. Ha-ha! Seit zwölf ungefähr, ha-ha! Wenn dich die Bullen hier auf der Interstate beim Trampen erwischen, da stehst du eine Woche im Straßentrupp, außer du kannst die Strafe gleich zahlen, ha-ha! Zu denen gehör ich nicht, ha-ha!«

»Mein Name ist Sailor, und das hier ist Lula. Und wie heißt du?«

»Marvin DeLoach«, sagte der Junge. »Aber alle nennen mich nur Roach, ha-ha! Roach DeLoach, ha-ha!«

»Lachst du immer so komisch beim Reden?« fragte Lula.

»Ist kein Lachen, ha-ha!« sagte Roach.

»Was hast du da in der Schachtel?« fragte Sailor.

»Meine Hunde, ha-ha!«

Roach nahm den Deckel ab und kippte die Schachtel leicht nach vorn. Sechs kleine Huskywelpen saßen darin, die kaum älter als ein paar Wochen sein konnten.

»Bin auf dem Weg nach Alaska, ha-ha!« sagte Roach. »Und das werden meine Schlittenhunde, ha-ha!«

»Der Junge tickt doch nicht ganz richtig«, sagte Lula zu Sailor.

»Woher kommst du, Roach?« fragte Sailor.

»Wenn du meinst, wo ich geboren bin, das war in Belzoni, Mississippi, ha-ha! Aber aufgewachsen bin ich in Baton Rouge.«

»Warum willst du nach Alaska?« fragte Lula. »Und wo hast du die Hundebabys eigentlich her? Die sehen nicht grade gesund aus.«

Roach betrachtete die kleinen Huskys in der Schachtel und streichelte einen nach dem anderen mit einer strikt dem Wasser entwöhnten Hand. Die Hunde wimmerten und leckten an seinen schmutzigen Fingern.

»Neulich gab's im Fernsehen diesen Film, *Der Ruf der Wildnis*. Hab noch nie im Leben Schnee gesehen, ha-ha! Die Hunde sind aus dem Tierheim. Da wollte sie keiner haben, ha-ha! Hier kaufen die Leute sich Bullterrier oder irgendwelche Jagdhunde. Ich werde meine Babys gut füttern, damit sie groß und stark werden und mich durch den Schnee ziehen wie der Blitz, ha-ha!«

Roach zog ein Stück rohe Rinderleber aus der Jackentasche und fing an, kleine Stücke davon abzureißen und sie den Hunden zu füttern.

»Sailor!« kreischte Lula, als sie das sah. »Stop! Halt sofort an!«

Sailor fuhr rechts ran und hielt auf dem Seitenstreifen. Lula öffnete die Tür und sprang hinaus.

»Tut mir leid, aber das geht zu weit«, sagte sie. »Roach, oder wie immer du heißt, pack auf der Stelle deine Tiere und steig aus!«

Roach steckte die Leber zurück in seine Tasche und zog den Rucksack und die Schachtel mit den Hunden hinter sich heraus. Sobald er mitsamt seinen Habseligkeiten am Straßenrand stand, sprang Lula wieder in den Wagen und ließ die Tür zuknallen.

»So leid's mir tut, Roach, nichts zu machen«, sagte sie, »mit Alaska wird nichts. Jedenfalls nicht in unserem Wagen. Du solltest erst mal jemanden finden, der sich um die Hunde kümmert, bevor sie abkratzen. Und sei mir nicht böse, du könntest selbst auch ein bißchen Pflege brauchen, angefangen mit einem heißen Bad. Bye!«

Lula nahm die Sonnenbrille von der Ablage und setzte sie auf. »Fahr los«, sagte sie zu Sailor.

Als sie wieder auf der Straße waren, sagte Sailor zu Lula: »Meinst du nicht, du hast den Jungen ein bißchen zu hart angefaßt, Liebling?«

»Ich weiß, was du jetzt denkst: daß ich mehr als eine Spur von Mama in mir habe. Aber ich konnte nichts dafür, Sailor, wirklich nicht. Der Junge tut mir echt leid, aber als er diesen triefenden, stinkenden Brocken Fleisch aus der Tasche zog, da kam mir fast das Kotzen. Und diese armen kranken Hundebabys!«

Sailor lachte. »Das gehört eben zum Leben auf der Straße.«

»Tust du mir einen Gefallen, Sailor? Bitte nimm keinen Anhalter mehr mit, o.k.?«

Zärtlichkeiten

»Weißt du, was ich am liebsten hab, Liebling?« sagte Lula zu Sailor, der den Bonneville aus Lafayette hinaus in Richtung Lake Charles fuhr.

»Was denn, Peanut?«

»Wenn du mir Zärtlichkeiten ins Ohr flüsterst.«

Sailor lachte. »Nichts einfacher als das. Ich meine, das fällt mir nicht schwer. Wenn ich mich im Pee Dee aufheitern wollte, brauchte ich nur an dich zu denken. An deine großen grauen Augen, vor allem aber an deine schlanken Beine.«

»Meinst du, die sind zu dünn?«

»Für andere vielleicht, aber mir gefallen sie genau so, wie sie sind.«

»Mädchen sind nie ganz perfekt, weißt du, außer in diesen Zeitschriften.«

»Ich komm ganz gut ohne solche Magazine aus, bisher jedenfalls.«

»Und das hat dir offenbar nicht geschadet.«

»Kann nicht klagen, Sweetheart; das solltest du am besten wissen.«

»Ich glaube sowieso, daß den meisten Männern irgendwo was fehlt.«

»Und was soll das sein?«

»Männer haben irgendwie eine automatische Verschlußklappe im Kopf. Also, du redest mit einem, und dann kommst du irgendwann zu dem Punkt, um den es dir eigentlich geht; du sprichst es aus und schaust ihn an, aber er hat dich nicht mal gehört. Nicht, daß es ihm zu kompliziert wäre oder so, nein, er kann einfach nicht richtig zuhören. Manche lügen dir was vor, von wegen sie wüßten genau, was du sagen willst, aber das kauf ich ihnen nicht ab. Wenn du nämlich hinterher was erzählst, das sie eindeutig kapieren müßten, wenn sie deinen letzten Satz mitgekriegt hätten, dann stellst du fest, sie tun's eben nicht, und du weißt genau, du hast wieder mal für die Katz geredet. Das ist das Frustrierende dabei.«

»Glaubst du, ich lüg dich an, Lula?«

Lula schwieg eine volle Minute lang und hörte nur auf das dumpfe Brummen des Achtzylinders.

»Lula? Bist du da?«

»Ja, ich bin hier.«

»Bist du sauer auf mich?«

»Nein, Sailor, Liebling, ich bin dir nicht böse. Es ist nur manchmal ein Schock, zu erkennen, daß etwas ganz anders ist, als man gedacht hat.«

»Deshalb denke ich nur soviel wie unbedingt nötig.«

»Weißt du, ich hatte einen langen, schrecklichen Traum gestern nacht. Sag mir, was du davon hältst. Also, ich geh spazieren, da komm ich an einem Feld vorbei. Alles in grellen Farben. Überall um mich herum liegen tote Pferde und tote Kinder. Ich bin traurig, aber nicht so richtig, nicht verzweifelt. Als ob ich genau wüßte, daß sie alle in eine bessere Welt gegangen sind. Dann kommt eine alte Frau auf mich zu und sagt, ich soll die Körper ausbluten lassen, damit sie mumifiziert werden können. Sie zeigt mir, wie man im Mundwinkel den Schnitt ansetzt. Dann soll ich die Kadaver über eine Brücke zu einer alten Scheune tragen. Unter der Brücke fließt ein wunderschöner Bach durch.

Um mich herum eine friedliche Landschaft mit grünen Wiesen und hohen Bäumen am Feldrand. Ich bin nicht sicher, ob meine Kraft ausreicht, um die Pferdekadaver so weit zu schleppen. Ich hab Angst, und trotzdem bin ich bereit, es zu tun. Und ich weine, aber nicht aus Verzweiflung. Ich kann das Gefühl nicht genau beschreiben. Ich geh also um das große graue Pferd herum zu seinem Maul und will gerade das Messer ansetzen. Da erwacht es und greift mich an. Der Gaul ist wütend. Er springt auf und jagt mich über die Brücke, in die Scheune und durch sie hindurch. Dann bin ich aufgewacht. Du hast fest geschlafen. Und ich bin nur dagelegen und hab gedacht, man kann jemanden noch so sehr lieben, aus der eigenen Haut kommt man doch nicht heraus.«

»Keine Ahnung, was dein Traum bedeutet, Herzblatt«, sagte Sailor, »aber ich hab mal gehört, wie meine Mama meinen Daddy gefragt hat, ob er sie überhaupt liebhätte. Sie hatten sich wieder mal angeschrien, wie üblich, und er hat zu ihr gesagt, das einzige, das er je geliebt hätte, sei der Film *Bad Man of Missouri* gewesen, den hätte er sich sechzehnmal angeschaut.«

»Genau das hab ich vorher gemeint mit dem, was den Männern fehlt«, sagte Lula.

Überleben

»Nein, Marietta, ich hab sie noch nicht gefunden.«

»Vielleicht sind sie überhaupt nicht in New Orleans, Johnnie. Sie könnten inzwischen in Pascagoula, Mississippi, tot im Straßengraben liegen. Oder Lula sitzt mit dickem Bauch und ohne Schuhe irgendwo in Pine Bluff, Arkansas, fest, und dieser Mistkerl Sailor zapft für zwei Dollar die Stunde Benzin in irgendeiner Tankstelle.«

»Beruhig dich, Marietta. Wenn sie einen Unfall gehabt hätten, hätte man uns längst benachrichtigt. Es hat gar keinen Zweck, sich unnötig Sorgen zu machen.«

»Unnötig! Johnnie Farragut, mach dich nicht über mich lustig! Mein einziges Kind ist in den Händen eines gefährlichen Kriminellen, und du erzählst mir, ich soll mich beruhigen!«

»Ich bring das schon in Ordnung, Marietta. Aber wie gesagt, bis jetzt gibt es keinen Hinweis darauf, daß Lula zu irgend etwas gezwungen wurde.«

»Ich kann dir nur raten, beeil dich, Johnnie, bevor dieser Kerl sie an eine Straßenecke in Memphis stellt und ihr Drogen in den Arm spritzt.«

»Also wirklich, Marietta, du hast ja ne ganz schön blühende Phantasie. Nimm dir das Ganze nicht so zu Herzen! Fahr doch für ein paar Tage rüber nach Myrtle Beach und erhol dich!«

»Ich bleib hier neben dem Telefon und rühr mich nicht vom Fleck, bis du Lula gefunden hast, und dann komm ich sie holen.«

»Reiß dich zusammen, meine Liebe! Ich meld mich auf jeden Fall in ein paar Tagen wieder, egal, ob ich eine Spur habe oder nicht.«

»Johnnie, du mußt sie einfach ausfindig machen. So einen Fehler wieder auszubügeln, das kann sämtliche Leben eines Hindu dauern. Morgen nachmittag muß ich von zwei bis vier zu einem Treffen der Töchter der Konföderation, ansonsten bin ich zu Hause. Ruf an, sobald du irgendwas erfährst, und wenn es drei Uhr morgens ist!«

»Ich versprech es dir, Marietta. Leb wohl jetzt.«

Johnnie legte auf; er blieb in der Telefonzelle und dachte über Marietta Pace Fortune nach. Sie war immer noch eine attraktive Frau, aber sie wurde immer schwieriger. Marietta hatte so eine nervöse und herausfordernde Art. Warum er sie nach all den Jahren noch immer hofierte, war Johnnie selbst nicht ganz klar. Sie zu heiraten stand außer Frage, dazu wäre Marietta nie zu bewegen. Sie sei nicht geschaffen für eine Herbstromanze, sagte sie. Die Frau stand zwei oder drei Jahre vor ihrem fünfzigsten Geburtstag und tat so, als ob ihr Leben schon vorbei sei. Außer natürlich, wenn es um Lula ging.

Am hintersten Ende der Theke von *Inez's Fais Dodo Bar* in der Toulouse Street saß Reginald San Pedro Sula auf einem Hocker und trank Martini. Er hatte seinen kleinen Filzhut auf und trug einen grünen Freizeitanzug aus Knitterleinen. Er hatte Johnnie schon erspäht, als er auf die Tür zuging.

»*Hola!* Señor Farragut!« rief Reggie. »Da treffen wir uns schon wieder!«

Johnnie ging hinüber zu Reggie und schüttelte ihm die Hand.

»Ich dachte, Sie sind in Austin, Texas – oder Takes-us, wie die Leute hier sagen.«

»War ich auch. Jetzt bin ich wieder auf dem Rückweg nach Utila, morgen früh geht's los. Darf ich Sie zu nem Martini einladen?«

»Warum nicht«, sagte Johnnie und schwang sich auf den Barhocker rechts neben Reggie. »Wie war's beim Angeln?«

»Ich glaube, die Amerikaner nehmen das Fischen zu ernst. In Honduras zerbrechen wir uns nicht so sehr den Kopf über die richtige Methode.«

Reggie bestellte einen Martini für Johnnie und einen zweiten für sich selbst.

»Soso«, sagte Johnnie. »Dann geht's also zurück auf die Inseln.«

»Ja. Gestern hab ich mit meinem Sohn Archibald Leach San

Pedro Sula gesprochen, der nach Cary Grant benannt ist. Er hat mir erzählt, es hätte eine Schießerei gegeben. Teddy Roosevelt, der Kapitän eines Krabbenkutters vom Ort, war mit King George Blanco und dessen Frau Columbia auf einem Picknick, und offenbar hat es eine kleine Meinungsverschiedenheit gegeben, bei der King George und Columbia ums Leben kamen. Teddy Roosevelt sitzt jetzt hinter Gittern. Diese Leute sind alle meine Freunde, ich muß unbedingt nach Hause und herausfinden, was passiert ist.«

»Ihre Insel scheint ja ein unberechenbarer Ort zu sein.«

Reggie lachte. »Das läßt sich nicht ganz abstreiten. Aber wie finden Sie denn New Orleans, Señor Farragut?«

»Nennen Sie mich Johnnie. New Orleans war schon immer eine gute Stadt zum Zeittotschlagen.«

»Ich sehe, Sie sind ein intelligenter Mann, Johnnie. Ein Unterschied zwischen Ihrem Land und dem meinen ist, daß es sich auf den Inseln nicht auszahlt, seine Intelligenz zu zeigen. Ich habe einmal einen Blaureiher an einem Flußufer entlangschreiten sehen. Das sah aus, als ob ein chinesischer Herrscher im blauen Mantel über die Felsen stolperte: nach außenhin vollkommen zerbrechlich und hilflos, und doch, ohne Zweifel, ein Überlebenskünstler. Das ist unsere Pflicht als intelligente Menschen, zu überleben, Johnnie.«

Reggie erhob sein Glas und stieß mit Johnnie an. »*Hasta siempre*«, sagte er.

»*Hasta siempre*«, sagte Johnnie.

»Wissen Sie, wie es dazu kam, daß der Kupferdraht in Schottland erfunden wurde?« fragte Reggie.

»Keine Ahnung.«

»Zwei Schotten stritten sich um einen Penny.«

Johnnie trank seinen Martini aus.

»Ich muß gestehen, Reggie«, sagte er und stieg von seinem Barhocker, »Sie sind wirklich ein seltsames Exemplar.«

Urlaute

»Du hast doch kein Dummchen großgezogen, Marietta. Lula hat zuviel Pace-Blut in sich, als daß sie ihr Leben einfach so wegwerfen würde. Wenn du mich fragst: Sie gönnt sich ein paar schöne Tage, das ist alles.«

Marietta und Dalceda Delahoussaye saßen auf der Terrasse vor Mariettas Haus und tranken süßen Wermut von Martini & Rossi auf zerstampftem Eis mit einer Zitronenscheibe. Dalcedas Freundschaft mit Marietta dauerte nun schon beinahe dreißig Jahre, seit dem Tag, an dem sie beide in die *Miss Cook School* in Beaufort aufgenommen wurden. In der ganzen Zeit hatten sie nie weiter als zehn Minuten voneinander entfernt gewohnt.

»Kannst du dich an Vernon Landis erinnern? Den Mann mit dem Hispano-Suiza, den er jahrelang in Royce Womblers Garage untergestellt hatte, bis er ihn nach Jahren für fünfundzwanzigtausend Dollar an eine Filmgesellschaft in Wilmington verkauft hat. Dem ist eines Tages seine Frau Althea mit einem Fleischgroßhändler aus Hayti, Missouri, durchgebrannt. Daraufhin schenkte der Mann ihr einen Brillantring, so groß, daß sie eine ganze Pute damit hätte stopfen können, und rate, was passiert ist? Es dauerte keine sechs Wochen, da stand sie wieder vor Vernons Tür.«

»Dal, kannst du mir erklären, was zum Teufel diese Althea Landis und ihr Mangel an Selbstbeherrschung mit meiner armen Lula zu tun haben, die mir von diesem geisteskranken Scheusal geraubt wurde?«

»Marietta! Sailor Ripley ist wahrscheinlich nicht mehr und nicht weniger geistesgestört als jeder andere in unserem Bekanntenkreis auch.«

»O Dal, er ist ein Prolet! Typen wie dem sind wir unser Leben lang aus dem Weg gegangen, und jetzt hat er mein einziges Kind in seiner Gewalt.«

»Du hast schon immer leicht die Nerven verloren. Als Enos Dodge dich seinerzeit, das war 1959, nicht unverzüglich gebeten hat, mit ihm auf den Ball im *Beau Regard Country Club* zu gehen, warst du in heller Panik. Du hast gedroht, dich umzubringen oder die Einladung von Biff Bethune anzunehmen. Und was war? Enos Dodge war mit seinem Daddy in Fayetteville und kam zwei Tage darauf, sofort nach seiner Rückkehr, als erstes zu dir. Du solltest jetzt nicht durchdrehen, Liebes. Hör auf herumzufauchen und laß den Dingen ihren Lauf.«

»O Dal, ich fühl mich immer so erleichtert, wenn ich mit dir rede.«

»Ich geb dir nur, was du brauchst, das ist alles.«

»Lula brauch ich, sonst nichts, hier zu Hause und in Sicherheit.«

»Hast du Sicherheit gesagt? Daß ich nicht lache! Sicher war auf dieser Welt noch keiner, nicht eine Sekunde.«

Dalceda leerte den letzten Tropfen Wermut aus ihrem Glas. »Hast du noch mehr von diesem Essigwasser?« fragte sie.

Marietta stand auf, ging in die Speisekammer und kam mit einer vollen Flasche zurück. Sie brach das Siegel, drehte die Kappe ab, goß Dalceda noch ein Glas ein und frischte auch ihr eigenes auf, bevor sie sich wieder hinsetzte.

»Und wie steht's bei dir?« sagte Dalceda.

»Was meinst du damit?«

»Wann warst du das letzte Mal mit einem Mann aus? Nach dem Bett frag ich wohl besser gar nicht erst.«

Marietta schnalzte mit der Zunge, dann antwortete sie. »Ich bin schlicht nicht interessiert«, sagte sie und nahm einen großen Schluck aus ihrem Glas.

Dalceda lachte. »Hast du mir nicht immer erzählt, wie Clyde sich bei der Liebe aufgeführt hat? Von seinem Grunzen, das aus den tiefsten Tiefen heraufdröhnte wie aus der Urzeit. Urlaute hat er ausgestoßen, so hast du es genannt. Und daß du dir vorgekommen wärst wie in den Klauen einer wilden Bestie, hast du gesagt, und daß es die aufregendsten Momente gewesen seien, die du je erlebt hast.«

»O wie ich es hasse, mit dir zu reden, Dal. Dein Gedächtnis ist viel zu gut.«

»Du kannst die Wahrheit nicht vertragen, das ist das Problem. Du hast eine Höllenangst davor, daß Lula für Sailor dasselbe empfinden könnte wie du für Clyde.«

»O Dal, wie sollte sie das? Ich meine, glaubst du wirklich, sie tut das? Dieser Sailor ist doch überhaupt nicht mit Clyde zu vergleichen.«

»Woher willst du das so genau wissen? Hast du den Jungen mal ausprobiert?«

Dalceda lachte. Marietta trank.

»Dieser Farragut mit seinem feuchten Hundeblick kommt doch ständig angewieselt und schwänzelt um dich herum«, sagte Dalceda. »Mit dem könntest du bestimmt was anfangen. Oder wie wär's mit diesem alten Gauner Marcello ›Crazy Eyes‹ Santos, der ist dir doch nicht mal von den Fersen gewichen, nachdem du mit Clyde längst verheiratet warst.«

Marietta prustete. »Das hat aufgehört seit Clydes Tod. Meine plötzliche Verfügbarkeit muß ihn aus der Bahn geworfen haben.«

»Der gleiche Fall wie Louis Delahoussaye der Dritte«, sagte Dalceda. »Der hat mich ganze zweimal in sechs Monaten angefaßt, glaub ich, was sich auf die grandiose Gesamtsumme von weniger großartigen achteinhalb Minuten beläuft.«

»Dal, was meinst du, soll ich mein Haar grau auswachsen lassen oder lieber wieder färben?«

»Marietta, um ehrlich zu sein: Ich glaube, wir brauchen beide noch was zu trinken.«

Nachtleben

»Ich hätte nichts gegen ein bißchen Nachtleben«, sagte Lula, »was meinst du?«

Sailor saß am Steuer des Bonneville und fuhr gemächlich die Napoleon Avenue entlang, um den Ort zu erkunden. Es war neun Uhr abends, und sie waren in Bucks Bend, einem Städtchen in Louisiana, kurz vor der Grenze zu Texas.

»Schwer zu sagen, wo in so nem Kaff was los ist, Liebling«, sagte Sailor. »Man will ja nicht durch eine falsche Tür treten.«

»Vielleicht gibt's irgendwo eine Bar mit Musik, ich hätte Lust zu tanzen. Fragen wir doch mal jemanden!« sagte Lula.

Sailor bog rechts ab in die Lafitte Road und entdeckte eine Red Devil Tankstelle, in der noch Licht war.

»Vielleicht kann uns hier einer was empfehlen«, sagte er und fuhr rechts ran.

Ein schmaler, etwa achtzehnjähriger Kerl mit Pickeln im Gesicht kam auf sie zu; er trug einen schmutzigen gelben Overall und eine ausgebeulte schwarze Baseballmütze mit einem roten N aus Filz drauf.

»Volltanken?« fragte er.

»Nein danke, wir haben genug«, sagte Sailor. »Wir suchen ein Lokal, wo's ein bißchen Musik gibt und vielleicht auch noch was zu essen. Gibt's so was in der Art hier?«

»*Cornbread's*«, sagte der Tankwart. »Da spielen sie Country-Western. Aber die haben kein Essen, nur was zum Knabbern.«

Lula rutschte auf dem Vordersitz rüber und beugte sich über Sailor.

»Was ist mit Rock 'n' Roll?« fragte sie.

»Da ist eine Boogie-Kneipe ungefähr eine Meile weiter, hier auf der Lafitte. Aber da gehen hauptsächlich Schwarze hin.«

»Wie heißt die denn?« fragte Sailor.

»*Zanzibar Club.*«

»Geradeaus, eine Meile, sagst du?«

»Ja, ungefähr. Da, wo die Lafitte Road über den Galvez Highway führt, State Road 86.«

»Vielen Dank«, sagte Sailor.

Der *Zanzibar Club* war ein weißes Holzgebäude auf der linken Straßenseite. An der Vorderseite hing eine bunte Lampionkette. Sailor parkte den Bonneville auf der gegenüberliegenden Straßenseite und schaltete den Motor aus.

»Gefällt's dir?« fragte er.

»Wird sich gleich rausstellen«, sagte Lula.

Als sie eintraten, spielte die Band gerade einen langsamen Blues, und drei oder vier Paare tanzten. Es gab ein Dutzend Tische und eine lange Theke in dem Raum. Von den Tischen waren acht besetzt, und an der Bar standen und saßen sechs oder sieben Männer. Das Publikum war ausschließlich schwarz, bis auf eine einzige weiße Frau, die allein an einem Tisch saß, eine Zigarette rauchte und ein Pearl Bier aus der Flasche trank.

»Komm«, sagte Lula, nahm Sailor an der Hand und zog ihn hinter sich auf die Tanzfläche.

Sie spielten gerade »Sugar Mama« von John Lee Hooker, und Lula schmiegte ihren Körper an Sailor und hielt ihn fest. Danach wurde die Musik schneller. Sailor und Lula tanzten zwanzig Minuten lang, bis Sailor sich loseiste und Lula zur Bar hinüberzog. Er bestellte zwei Flaschen Lone Stan Bier. Der Barkeeper, ein großer, bulliger Mann um die Fünfzig, brachte das Bier, nahm Sailors Geld und schob ihm mit einem breiten Lächeln das Wechselgeld zu.

»Das hier ist ein freundlicher Ort, mein Sohn«, sagte der Mann hinter der Bar. »Also entspannt und amüsiert euch!«

»Alles klar«, sagte Lula. »Sie haben eine wirklich gute Band hier.«

Der Barkeeper lächelte wieder und ging ein Stück weiter am Tresen.

»Ist dir die Frau aufgefallen, als wir reinkamen?« sagte Lula zu Sailor. »Die weiße, die da ganz allein sitzt?«

»Mhm«, sagte Sailor.

»Na ja, die hat noch mit keinem Menschen geredet, und angesprochen hat sie auch noch niemand, soviel ich mitgekriegt hab. Was hältst du davon?«

»Liebling, wir sind fremd hier, und ich werd mich hüten, von irgend etwas oder irgend jemandem was zu halten.«

»Findest du sie hübsch?«

Sailor sah sich die Frau an. Sie zündete sich gerade eine neue Zigarette an der alten an und drückte die Kippe im Aschenbecher aus. Sie war vielleicht dreißig Jahre alt oder etwas darüber und hatte schulterlanges, blondgefärbtes Haar, das am Ansatz schwarz nachwuchs. Ihre Nase war lang und gerade, mit einem kleinen Höcker. Sie trug ein weit ausgeschnittenes, lavendelfarbenes Kleid, das ihren Busen vorteilhaft betont hätte, wäre sie nicht so flachbrüstig gewesen. Und sie war schlank.

»Mir sind sie lieber mit ein bißchen mehr Fleisch auf den Rippen«, sagte Sailor. »Aber das Gesicht ist nicht schlecht.«

Lula wurde still und nuckelte an ihrem Bier.

»Stimmt was nicht, Sweetheart? Gefällt's dir doch nicht hier?«

»Ach, es ist nur wegen Mama. Ich muß immer an sie denken. Sie ängstigt sich bestimmt schon zu Tode.«

»Mehr als wahrscheinlich.«

»Ich werd sie anrufen und ihr sagen, daß es mir gutgeht. Daß es uns gutgeht.«

»Ich bin nicht so sicher, ob das eine gute Idee ist, aber das mußt du selber wissen. Sag ihr nur nicht, wo wir sind.«

»Entschuldigen Sie«, sagte Lula zum Barkeeper. »Gibt's hier ein Telefon, das ich benutzen kann?«

»Gradeaus nach hinten, bei der Herrentoilette.«

»Bin gleich wieder da«, sagte sie zu Sailor und küßte ihn auf die Nase.

Marietta hob nach dem zweiten Klingeln ab.

»Ein R-Gespräch von Lula Fortune«, sagte die Vermittlung. »Nehmen Sie an?«

»Natürlich, stellen Sie durch!« sagte Marietta. »Lula? Wo bist du denn? Ist alles in Ordnung?«

»Mir geht's gut, Mama. Ich wollte dir nur sagen, du sollst dir keine Sorgen machen.«

»Also hör mal, natürlich mach ich mir Sorgen! Ich hab doch keine Ahnung, was los ist, wo du überhaupt steckst! Bist du bei diesem Kerl?«

»Wenn du Sailor meinst, Mama, ja, der ist hier.«

»Kommst du bald nach Hause, Lula? Ich brauch dich hier.«

»Ach, du brauchst mich? Wozu denn, Mama? Ich fühl mich blendend, und ich bin in sicheren Händen.«

»Bist du in einem Tanzschuppen oder so was? Ich höre Musik im Hintergrund.«

»Nur irgendein Lokal.«

»Wirklich, Lula, du tust unrecht.«

»Unrecht!? Mama, war es vielleicht recht von dir, uns Johnnie Farragut auf den Hals zu hetzen? Wie konntest du so was tun?«

»Hast du Johnnie in New Orleans getroffen? Lula, bist du in New Orleans?«

»Nein, Mama, ich bin in Mexiko, und gleich steigen wir in ein Flugzeug nach Argentinien.«

»Argentinien! Lula, du hast den Verstand verloren. Jetzt sag mir sofort, wo du bist, und ich komme dich abholen. Ich werd der Polizei nichts von Sailor verraten, das versprech ich. Er kann gehen, wohin er will, das ist mir egal.«

»Mama, ich muß Schluß machen.«

»Nein, Baby, warte! Soll ich dir irgendwas schicken? Brauchst du Geld? Ich telegrafiere dir welches, wenn du mir nur sagst, wohin.«

»Für wie dumm hältst du mich eigentlich, Mama? Sailor und ich haben eine Einbruchtour gemacht. Im ganzen Süden haben wir Kramläden ausgeräumt. Hast du nichts davon gelesen?«

Marietta weinte. »Lula? Ich liebe dich, Baby. Ich will nur nicht, daß dir was zustößt.«

»Es geht mir gut, Mama. Deshalb hab ich doch angerufen, damit du das weißt. Ich muß aufhören.«

»Ruf mich bald wieder an. Ich warte hier neben dem Telefon.«

»Nun spiel nicht verrückt, Mama! Und paß auf dich auf!«

Lula legte auf.

Sailor war mit der künstlichen Blondine in dem lavendelfarbenen Kleid auf der Tanzfläche. Lula sah die beiden, ging rüber zur Theke, nahm eine Bierflasche und warf sie nach Sailor. Sie prallte an seinem Rücken ab und polterte auf den Boden. Die Flasche schlug auf, aber zerbrach nicht. Er drehte sich um und sah Lula an. Alle im Lokal taten, als ob sie nicht gesehen hätten, was passiert war. Lula rannte hinaus.

Sailor fand sie auf der Beifahrerseite des Bonneville auf dem Boden sitzend und gegen den Wagen gelehnt. Lulas Augen waren rot und naß, aber sie weinte nicht. Sailor kniete sich neben sie.

»Ich hab mir nur die Zeit vertrieben, bis du zurückkamst, Peanut.«

»Ich bin diejenige, die ihre Zeit verplempert, mit jeder Minute, die ich mit dir zusammen bin.«

»Liebling, es tut mir leid. Es war nichts. Komm, steh auf, wir hauen ab.«

»Laß mich eine Minute in Ruhe. Erst spielt Mama verrückt, und dann sehe ich dich auf der Tanzfläche mit irgendeiner Schlampe aus diesem Ölkaff. Was denkst du, wie ich mich fühle?«

»Hab dir ja gesagt, du sollst nicht anrufen.«

Sailor stand auf und lehnte sich gegen die Kühlerhaube, bis Lula sich erhob und einstieg. Dann stieg auch er ein und startete den Wagen. Lula nahm Sailors blaues Leinensakko vom Rücksitz und zog es an. Sie küßte Sailor auf die Wange, legte den Kopf in seinen Schoß und schlief ein. Sailor fuhr weiter.

Nächtlicher Blues

»Johnnie, na endlich! Ich dachte schon, du meldest dich überhaupt nicht mehr!«

»Ich hab Neuigkeiten, Marietta. Lula und Sailor waren hier. Vorgestern sind sie aus dem *Hotel Brazil* in der Frenchman Street ausgezogen.«

»Hör zu, Johnnie! Lula hat gestern angerufen. Sie wußte, daß du in New Orleans bist, also haben sie die Stadt verlassen.«

»Hat sie dir gesagt, von wo sie anrief?«

»Nein, aber ich schätze, sie wollen in den Westen, das heißt also Richtung Texas. Vielleicht waren sie in Houston. Allmählich müßte ihnen das Geld ausgehen. Ich bezweifle, daß Sailor überhaupt welches hatte, und wenn, dann war es bestimmt nicht viel, und Lula hat die sechshundert mitgenommen, die sie auf der Cherokee-Bank hatte.«

»Wie klang sie denn? Ging's ihr gut?«

»Wie sollte es ihr gutgehen, Johnnie? Sie versucht mir was zu beweisen, das ist alles; der reine Trotz, nur um mir eins auszuwischen.«

»Marietta, alles, was sie versucht, ist, erwachsen zu werden. Das hat nichts mit dir zu tun. Ich will dir nicht weh tun, aber Lula muß sich irgendwie von dir lösen, und sie hat eben diesen Weg gewählt. Ich weiß, wie schmerzlich das für dich ist.«

»Wie könntest du das wohl? Sie ist von meinem eigenen Fleisch und Blut, und sie ist das einzige, was mich noch interessiert auf der Welt. Lula ist meine *Tochter*, Johnnie. Ich komme nach New Orleans.«

»Warte, Marietta. Du kannst hier gar nichts ausrichten, solange ich nicht herausbekommen habe, wohin sie gefahren sind. Vielleicht sind sie schon auf halbem Weg nach Chicago.«

»Sie wollen nach Westen, Johnnie, da bin ich ganz sicher. Wahrscheinlich nach Kalifornien, da wollte Lula schon immer mal hin. Ich nehme den Piedmont-Flug, morgen abend um sieben. Hol mich vom Flughafen ab, dann können wir gleich los!«

»Ich werd dasein, wenn du unbedingt willst, aber ich bin dagegen.«

»Sieben Uhr, morgen abend. Wir können im *Galatoire's* essen. Bestell uns einen Tisch!«

Marietta hängte ein. Johnnie legte den Hörer seines Zimmertelefons auf und ging hinaus auf den Balkon über der Barracks Street. Es war ein Uhr morgens, und die Luft war warm, aber feucht. Aus irgendeinem Radio oder Plattenspieler war die Quäkstimme von Babs Gonzales zu hören. Es war das Lied »Ornithology«. »All the cats are standing on the corner«, sang Babs Gonzales, »watin' for the chicks to finish their slave.« Johnnie zündete sich eine *Hoyo de Monterrey*-Zigarre an und warf das Streichholz auf die Straße hinunter.

1950 hatte Elia Kazan hier den Film *Panic in the Streets* gedreht; eine Schießereiszene fand genau hier auf den Kaianlagen der Barracks Street statt. Johnnie hatte irgendwo gelesen, daß Jack Palance in dem Film sein Debüt als Schauspieler hatte. Palance, dem nach einem Autounfall das Gesicht zusammengeflickt werden mußte, spielte Blackie, den perfekten, gnadenlosen Killer. Mit seinem seltsam mongolisch wirkenden Maskengesicht wurde Palance zum Inbegriff der Grausamkeit. Keiner vor ihm hatte sie je so überzeugend verkörpert wie er, dachte Johnnie. Es bedurfte eines gewissen Maßes an Verzweiflung, um das zu können. »Ich bin kein verzweifelter Mensch«, sagte Johnnie halblaut. Er blies den Rauch seiner Zigarre in den Nachtdunst hinaus. Wenn ein Mann sich nicht selbst überzeugen kann, dachte er, dann kann er es bei anderen erst recht nicht.

Nach »Ornithology« kam King Pleasure und Betty Carters »Little Red Top«. »You really got me spinning«, sangen sie. Johnnie blieb noch auf dem Balkon, bis das Lied zu Ende war, dann ging er wieder hinein. Er hatte eine Idee zu einer Geschichte über einen Mann mit einer schrecklichen Krankheit, die sein Gedächtnis zerstörte, wenn er es nicht wagte, in eine entstellende Operation einzuwilligen.

Dals Geheimnis

»Dal, ich fahre nach New Orleans.«

»Hast du was von Johnnie gehört?«

»Nur, daß sie aus ihrem Hotel ausgezogen sind. Ein Rattenloch namens *Brazil.* Mehr weiß Johnnie auch nicht.«

»Marietta, ich bin vollkommen gegen deine Entscheidung. Laß Lula in Ruhe! Du brauchst Jahre, wenn du den Fehler wiedergutmachen willst.«

»Ich kann nicht anders, Dal. Ich halt das nicht aus, nur herumsitzen und warten.«

»Dann kann ich dir ebensogut jetzt die Sache mit Clyde erzählen.«

»Was war mit Clyde?«

»Einmal, da ist er zu mir gekommen.«

»Er ist zu dir gekommen? Dal, hattest du etwa eine Affäre mit ihm?«

»Nicht im geringsten. Nein, er kam, um mit mir über dich zu reden. Noch bevor Lula geboren wurde.«

»Was? Über mich?«

»Er dachte, du seist vielleicht zu nervös, um Kinder zu kriegen, und hat mich um meine Meinung gebeten.«

»Und? Was weiter?«

»Ich hab ihm gesagt, daß ich es für eine tolle Idee halten würde, wenn du ein Kind bekämst. Und daß er sich keine Sorgen machen solle.«

»Ist ja reizend, Dal. Und warum hast du mir das nicht schon früher erzählt?«

»Clyde hat mich drum gebeten.«

»Clyde ist seit Jahren tot.«

»Ich hatte es ihm versprochen, Marietta.«

»Und warum beichtest du es jetzt?«

»Es ist keine Beichte.«

»Na schön. Aber warum fällt dir das ausgerechnet jetzt ein?«

»Weil ich glaube, daß du dabei bist, einen großen Fehler zu machen. Clyde wäre damit nicht einverstanden.«

»Der wird nichts davon wissen, Dalceda. Es sei denn, du hast eine Art übersinnlichen Draht zu ihm. Und so was wäre mir neu.«

»Ich wünsche dir eine gute Reise, Marietta. Wenn ich hier was für dich tun kann, gib mir Bescheid! Und sag Lula alles Gute von mir, wenn du sie findest.«

»Dal, ich weiß, du meinst, ich tue das Falsche, aber ich mein es nur gut.«

»Ich weiß, Marietta. Wiedersehen.«

»Wiedersehen, Dal.«

Nachdem sie aufgelegt hatte, fing Marietta an zu weinen. Sie heulte zehn Minuten lang, dann klingelte das Telefon. Nach dem vierten Klingeln hatte sich Marietta wieder soweit unter Kontrolle, daß sie abheben konnte.

»Marietta? Hier ist Dal. Hast du schon aufgehört zu weinen?«

»Grade eben. Fast.«

»Dann hör jetzt auf, ja? Reiß dich zusammen und tu, was du tun mußt! Vielleicht liege ich falsch.«

»Du hast nicht unrecht, Dal. Nicht für dich, jedenfalls. Du bist die einzige, die mich wirklich kennt.«

»Ich liebe dich, Marietta.«

»Ich liebe dich, Dal.«

»Bis dann.«

»Bis dann.«

Dumme Gedanken

»Manchmal komm ich mir vor wie eine von Draculas Frauen. Du weißt schon, diese spindeldürren Weiber in durchsichtigen Kleidern mit langen Haaren und spitzen Fingernägeln, die dem Grafen überallhin folgen und alles tun, was er sagt?«

Lula saß auf der Kante des Motelbetts und feilte sich die Nägel, während Sailor auf den Fingerkuppen seine täglichen fünfzig Liegestütze machte.

»Klar«, sagte Sailor, »den Film kenne ich. Aber wie kommst du darauf?«

»Ich fühl mich so niedergeschlagen. Als ob mir jemand das ganze Blut aus dem Leib gesaugt hätte.«

»So geht's uns allen hin und wieder, Liebling«, sagte Sailor zwischen seinen Liegestützen. »Wie mein Großpapa immer sagte: Keiner hat den Kummer für sich allein gepachtet.«

»Ach, ich weiß«, sagte Lula. »Es ist nicht mal so sehr das Selbstmitleid. Ich wünsch mir nur manchmal, daß Daddy nicht so früh gestorben wäre. Und daß Mama nicht öfter als alle zwei Wochen ihre Ausbrüche bekäme. Und daß sie's dir nicht so übelnehmen würde, daß du Bob Ray Lemon töten mußtest. Und so vieles mehr.«

Sailor machte seinen letzten Liegestütz, dann setzte er sich auf, den Rücken gegen das Bett gelehnt.

»Großpapa las freitags zum Frühstück immer die Todesanzeigen«, sagte Sailor. »Er nahm die Zeitung und fing an, mir haarklein zu berichten, wer gestorben war und woran, was für ein Leben er geführt hatte und wer die Hinterbliebenen waren. Großpapa schüttelte den Kopf und lachte und sinnierte darüber, warum der arme verschiedene Cleve Sumpter seine erste Frau, Irma Sykes, geheiratet hatte, ihr drei Kinder schenkte und ein Hutgeschäft in Aitkin eröffnete, sich dann von Irma scheiden ließ, mit Edna Mae Raley zusammenkam, die Hutmacherei an den Nagel hängte, ein Grill-Restaurant in McCall aufmachte und zwanzig Jahre später an einer Lungenembolie starb, während er sich auf der Terrasse eines Altersheims in Asheville ein Spiel der *Braves* im Radio anhörte.«

»Klingt krank, wenn du mich fragst«, sagte Lula. »Todesanzeigen! Die hab ich noch nie gelesen. Und warum hat er das ausgerechnet freitags getan?«

»Keine Ahnung«, sagte Sailor, »aber das Zuhören hat mir immer Spaß gemacht. Wenn er so über die Leute sprach, als ob er jeden einzelnen von ihnen persönlich gekannt hätte.«

»Was haben sie denn über deinen Großvater geschrieben, als er starb?« fragte Lula. »Oder lebt er noch?«

»Er ist gestorben, während ich im Pee Dee war«, sagte Sailor. »Sie haben mich natürlich nicht rausgelassen zur Beerdigung. Großpapa war mein bester Freund in meiner Kindheit. Von der Familie hat er immer irgendeinen Anschiß gekriegt; ich schätze, weil er kein großartiger Geschäftemacher war und weil er sich beim Militär mal mit einem Vorgesetzten angelegt hatte und dadurch in ziemliche Schwierigkeiten geraten war. Ich hab seine Todesanzeige nie gesehen. Wer weiß, ob es überhaupt eine gegeben hat. Aber das ist auch gut so. Wenn, dann stand mit Sicherheit wenig darüber drin, wie er mir das Jagen und Fischen beigebracht hat und das Brötchenbacken.«

»Sailor?«

»Ja?«

»Wär's nicht wunderbar, wenn wir uns bis an unser Lebensende lieben würden?«

Sailor lachte. »Du sagst manchmal schon die verrücktesten Dinge, Peanut. Bis jetzt haben wir uns doch ganz gut gehalten, oder?«

Lula beugte sich vom Bett herunter und schlang beide Arme um Sailors Hals. Die Feile fiel auf den Boden.

»Liebling, du weißt doch, wie ich das meine, oder? Alles wäre so einfach.«

»Im Pee Dee denkt man nur an die Zukunft, weißt du?« sagte Sailor. »An die Entlassung. Und was man alles machen will, wenn man erst mal draußen ist. Jetzt bin ich draußen, aber ich weiß noch nicht recht, worüber ich jetzt nachdenken soll.«

»Ich mache mir immer nur Gedanken über das, was grade passiert«, sagte Lula. »Ich hab noch nie sehr weit vorausgedacht.«

»Ist ja manchmal auch nicht das schlechteste, den Dingen einfach ihren Lauf zu lassen«, sagte Sailor. »Großpapa hat mir mal die Todesanzeige von irgend so einem großen Fabrikbesitzer vorgelesen, der hatte viermal für den Senatorenposten kandidiert und war kein einziges Mal gewählt worden. ›Stell dir vor, zu wie vielen Idioten der freundlich sein mußte‹, sagte Großpapa, ›und alles für die Katz.‹ Ich werde nie etwas ohne guten Grund anfangen, Lula. Alles, was ich weiß, ist, da draußen in der Welt schwirren schon genug dumme Gedanken frei herum.«

Lula beugte sich über das Bett und schaltete das Radio ein, das auf dem Nachttisch stand.

»Schenk mir dein Herz, kleines Mädchen, und der größte Schatz ist mein.« Das war Jimmie Rodgers, der singende Bremser von der Eisenbahn.

»Ich liebe diese alten jodeligen Country-Lieder«, sagte Lula. »Sie sind so kitschig und doch schön.«

Sailor nickte. »Großpapa hat mir erzählt, daß er zum Bahnhof hinuntergelaufen ist, als Jimmie Rodgers starb, um den Zug vorbeifahren zu sehen, auf dem sie seine Leiche zurück nach Meridian, Mississippi, transportierten. Jimmie hatte so schlimm Tbc, daß sie im Plattenstudio eine Pritsche für ihn aufstellten, auf der er sich nach jeder Aufnahme ausruhen konnte.«

»Den müssen wirklich eine Menge Leute geliebt haben«, sagte Lula. »Muß doch ein großartiges Gefühl sein. Zu wissen, daß all diese fremden Menschen da draußen so an einem hängen.«

»Meine Erfahrung ist, je näher die Leute sich kennenlernen, desto weniger kommen sie miteinander aus«, sagte Sailor. »Am besten, man bleibt sich fremd. Dann wird man nicht so leicht enttäuscht.«

Schlimme Nachrichten

»Wieviel haben wir noch, Liebling?«

»Weniger als hundert«, sagte Sailor.

Sailor und Lula standen an einer Shell-Tankstelle in Houston. Sailor hatte den Bonneville gerade vollgetankt.

»Sollen wir für ne Weile hierbleiben, Sailor? Schaun, ob wir Arbeit finden?«

»Nicht in Houston. Damit rechnen sie, daß wir hier haltmachen. Besser, wir suchen uns ein abgelegeneres Plätzchen.«

»Soll ich mal fahren, damit du dich ein bißchen ausruhen kannst?«

»Keine schlechte Idee, Lula.«

Sailor küßte sie, kletterte auf den Rücksitz und legte sich hin. Lula rutschte hinters Steuer und zündete sich eine More an. Sie fuhr wieder zurück zur Straße, nahm die Autobahneinfahrt und folgte dem Ring um Houston herum in Richtung San Antonio. Sie schaltete das Radio an. Perez Prado und seine Band spielten »Cherry Pink and Apple Blossom White«. »Schon wieder so ein Oldie-Sender«, murmelte Lula und drehte weiter am Knopf. Sie fand eine dieser Talkshows, bei der die Leute aus dem ganzen Land anrufen konnten, und blieb bei dem Programm.

»Ich rufe Montgomery, Alabama«, sagte der Moderator, ein Mann mit einem harten Brooklyner Akzent.

»Artie? Sind Sie es, Artie?« sagte die Anruferin, eine ältlich klingende Frau.

»Ganz recht, Madam. Und was bewegt Ihr wunderbares Herz heute abend?«

»Wie geht's Ihnen, Artie? Ich hab gehört, Sie haben sich nicht ganz wohl gefühlt in letzter Zeit.«

»Mir geht's prächtig, danke. Ich hatte einen Herzinfarkt, aber ich hab jetzt eine neue Diät und mache regelmäßig meine Übungen. Hab mich nie wohler gefühlt.«

»Das freut mich zu hören. Wissen Sie, wir brauchen Sie hier unten. Ihre Sendung ist so unterhaltsam! Und all die interessanten Gäste, die Sie immer haben!«

»Oh, vielen Dank! Es war der Gedanke an Zuhörer wie Sie, der mich aus dem Krankenhausbett trieb, um so schnell wie möglich wieder hier im Studio zu sein.«

»Aber vergessen Sie nicht, dem lieben Gott für all das zu danken, Artie. Er allein wacht über uns.«

»Vielen Dank für Ihren Anruf, Madam. San Francisco, Kalifornien, hallo?«

»Hallo, Artie? Hier ist Manny Wolf aus San Francisco.«

»Mark Twain hat mal gesagt, der kälteste Winter, den er je erlebt hätte, sei ein Sommer in San Francisco gewesen. Wie geht's, Manny?«

»Oh, mir geht's ganz gut, Artie. Hab gehört, Sie hatten einen Herzanfall.«

»Ja, aber schon wieder alles in Ordnung.«

»Also, Bill Beaumont hat seine Sache prima gemacht, während Sie weg waren.«

»Ja, er ist wirklich der Größte, was? Und was haben Sie heute abend auf dem Herzen, Manny?«

»Die *Giants*, Artie. Haben die nicht eine echte Bauchlandung geliefert?«

»Das lag nur an den Verletzungen, Manny. Wie soll man ein Spiel gewinnen, wenn die Hälfte der Schlagmannschaft ausfällt, und davon allein drei Starter. Hoffen wir auf nächstes Jahr, da sind sie wieder dabei!«

»Sie hätten die Spieler doch gegen andere eintauschen können, Artie.«

»Welche denn? An beschädigter Ware ist niemand interessiert.«

»Zumindest hätten sie's probieren können, irgendwo hätte es bestimmt geklappt.«

»Warten wir aufs nächste Jahr! Danke für den Anruf, Manny. Boston, Massachusetts, im Studio erwartet Sie Artie Mayer.«

»Du lieber Himmel«, sagte Lula und stürzte sich wieder auf

den Senderwahlknopf. »Wie soll ein Mensch sich so einen Mist reinziehen können?«

Sie blieb bei einem Nachrichtensender. Sailor schnarchte. Lula nahm einen letzten Zug von ihrer Zigarette und warf sie zum Fenster hinaus.

»Houston, Texas. Mutmaßlicher Kinderprostitutionsring ausgehoben. Minderjährige Mädchen wurden an Geschäftsleute aus Houston, Dallas, Fort Worth und zahlreichen anderen Großstädten vermittelt«, sagte der Radiosprecher. »Nach ersten Ermittlungen befand sich die Zentrale des Rings in einem leerstehenden Lagerhaus nördlich der Houstoner Innenstadt, in der Nähe von Buffalo Bayou. Wahrscheinlich steht eine größere Organisation dahinter, die von Vietnamesen aus Los Angeles und New Orleans gesteuert wird.«

»Mann o Mann, das ist das Richtige«, sagte Lula und stellte das Radio lauter.

»Die Aktivitäten des Rings wurden gestern aufgedeckt, nachdem ein fünfundfünfzigjähriger Geschäftsmann aus Houston, der mit chinesischen Glücksspielen handelt, festgenommen worden war. Er steht unter Verdacht, Dienstag abend in einem Flughafen-Motel ein zwölfjähriges Mädchen verführt zu haben. Bei einer Razzia im *Nighty-Night-Motel* wurde Chick Go, Angestellter im *Lucky-Guys*-Spielsalon, verhaftet und gestern dem Untersuchungsrichter vorgeführt. Er wird beschuldigt, sexuelle Handlungen an einem Kind vorgenommen und eine Minderjährige zu einer Straftat verführt zu haben. Er wurde gegen zehntausend Dollar Kaution auf freien Fuß gesetzt. Weitere Festnahmen werden erwartet.

Die Kunden der jungen Prostituierten, so der Polizeisprecher, wurden sorgfältig ausgewählt, vornehmlich unter erfolgreichen Geschäftsleuten, die etwas zu verlieren hatten, wenn sie je die Behörden über den Kindersexring informierten. Die meisten der Prostituierten sind offenbar Ausreißer, die für eine Bleibe sexuell gefügig waren. Nach Polizeiberichten wurden mindestens vier Mädchen identifiziert und vernommen. Die Mädchen, Asiatinnen zwischen zwölf und fünfzehn Jahren, lebten zusammen mit einem vietnamesischen Zuhälter seit Februar in dem Lagerhaus in Nord Houston. Die Mädchen seien in dem Verfahren als Opfer zu betrachten, sagte der Polizeisergeant Amos Milburn; wörtlich: ›Das sind wirklich noch Kinder, aber sie haben schon viel Schlimmes erlebt.‹«

»Darauf wette ich was«, sagte Lula und zündete sich noch eine Zigarette an.

»Nachrichten aus aller Welt. Indien. Im Ganges, dem heiligen Fluß der Hindus, in dem jährlich Millionen von Menschen baden, sollen nach Angaben indischer Behörden Krokodile ausgesetzt werden, um den Fluß von Leichen zu säubern; zunächst in der Nähe von großen Städten, wo die Verschmutzung am größten ist. Weiter hieß es, einhundertundfünfzig Krokodile seien auf einer staatseigenen Farm in Südkerala gezüchtet worden. Ein ehemaliger Regierungsbeamter sagte dazu, die Reptilien hätten eigentlich zu einer fügsamen Art gehören sollen, aber die Züchter hätten anscheinend die Sache verpfuscht und eine angriffslustige Rasse großgezogen.«

»Verdammt!« sagte Lula.

»Der indische Beamte, der diese Information lieferte, tat dies nur unter Zusicherung seiner Anonymität. Das *crocodilus palustris* gehöre zu einer Familie, die bekanntlich schnell töte und sich rasch vermehre. An die hunderttausend Leichen werden jährlich an den Ufern des Ganges verbrannt, während Millionen von Hindus im Fluß baden, im festen Glauben, daß das Wasser ihre Seele reinigt und sie von Sünden reinwäscht. Der Regierungsplan sieht vor, die Säuberungsaktion des Ganges zuerst in Varanasi durchzuführen, der heiligsten aller Hindu-Städte. Vergangenen Oktober haben die staatlichen Behörden von Uttar Pradesh schon fünfhundert Schildkröten in der Nähe von Varanasi im Ganges freigelassen, um die Verschmutzung durch menschliche Abfälle einzudämmen. Jetzt sollen die Krokodile die Leichen verschlingen, die arme Hindus in den Fluß werfen, weil sie sich eine Verbrennung nicht leisten können.«

»Du heiliger Strohsack!« sagte Lula. »Das ist ja die verdammte Nacht der lebendigen Toten!«

»Was hast du gesagt, Peanut?« sagte Sailor und küßte sie von hinten aufs Ohr.

»Ich hab genug von diesem Radioquatsch«, sagte sie und schaltete aus. »Ich hab noch nie im Leben soviel hochprozentigen Wahnsinn auf einmal gehört. Ich weiß, daß nicht immer alles wahr ist in den Nachrichten, aber ich glaube, die Welt wird immer schlimmer, Sailor. Und es hört sich nicht so an, als ob wir viel dagegen tun könnten.«

»Die Nachricht ist leider nicht besonders neu, Sweetheart. Traurig, aber wahr.«

Stirb nicht, um meinetwillen

Johnnie kaute langsam und vorsichtig an seiner Forelle herum. Er hörte Marietta zu und versuchte gleichzeitig, keine Gräten zu verschlucken.

»Sie ist alles, was ich habe, Johnnie. Wenn ich Lula jetzt nicht hinterherfahren würde, das könnte ich mir nie verzeihen.«

»Ich versteh deine Gefühle, Marietta, aber ich hab nicht den Eindruck, daß viel dabei herauskommen wird. Lula ist kein Baby mehr, sie hat ihren eigenen Kopf. Irgendwann kommt der Punkt, wo du loslassen mußt.«

Marietta legte Messer und Gabel weg, lehnte sich zurück und sah Johnnie starr in die Augen.

»Du klingst wie ein Handbuch über Kindererziehung, was sehr interessant ist, wenn man bedenkt, daß du noch keines großgezogen hast.«

Für den Rest des Essens saßen sie sich schweigend gegenüber, und Marietta zahlte die Rechnung bar, weil *Galatoires* keine Scheckkarten annahm.

Draußen sagte Johnnie dann: »Willst du hier in der Stadt übernachten oder gleich weiterfahren? Mir ist beides recht.«

»Ich kann im Auto schlafen«, sagte Marietta. »Fahren wir nach Houston und versuchen wir, ihre Spur wiederaufzunehmen.«

Marietta legte sich im Vordersitz von Johnnies knallrotem Cadillac Seville, Baujahr '87, zurück. Sie schloß die Augen und dachte darüber nach, was Dalceda Delahoussaye ihr über Clydes Besuch bei ihr und seine Sorgen über Mariettas nervöse Natur erzählt hatte. Sie sagte sich, daß es in Ordnung war, wie sie Lula aufgezogen hatte. Die Sache mit diesem Ripley war nur eine vorübergehende Laune, etwas, wovon Marietta wußte, daß sie es Lula leicht ausreden konnte, wenn sie sie erst vor sich hatte. Sie betete, daß Lula nicht wieder schwanger war.

Sobald Johnnie sicher war, daß Marietta eingeschlafen war, kurbelte er das Fenster ein wenig herunter und zündete sich eine Zigarre an. Er hatte ihr sein Wort gegeben, also ließ er sie nicht im Stich auf dieser Jagd, aber er hatte kein gutes Gefühl mehr dabei. Er hatte bei der ganzen Angelegenheit eine böse Vorahnung. Johnnie hielt den Cadillac konstant auf hundertzwanzig. Mariettas Kopf war schräg nach hinten gefallen, ihr Mund stand halb offen, und ihre Brust bewegte sich gleichmäßig auf und ab. Er schaltete das Radio ein und stellte es ganz leise.

»Zum Schluß noch eine traurige Meldung vom Sport«, sagte der Radiosprecher. »Eligio Sardinias, berühmter Boxmeister der dreißiger Jahre, der unter dem Namen Kid Chocolate kämpfte, ist heute im Alter von achtundsiebzig Jahren in Havanna gestorben. Dies berichtete der staatliche kubanische Rundfunk. Der in Kuba geborene Boxer wurde 1959 in die ›Boxing Hall of Fame‹ gewählt. Als Kid Chocolate gewann er 1931 den Weltmeistertitel im Juniorleichtgewicht und holte sich 1932 den New Yorker Titel im Federgewicht, damals einer der wichtigsten Wettkämpfe, indem er Lew Feldman mit einem K.-o.-Sieg in der zwölften Runde bezwang. 1930 kämpfte er gegen Battling Battalino um die Weltmeisterschaft im Federgewicht und verlor nach fünfzehn Runden nach Punkten. Im Jahr darauf unterlag er gegen den Titelverteidiger Tony Canzoneri im Kampf um die Weltmeisterschaft im Leichtgewicht, ebenfalls nach fünfzehn Runden. Kid Chocolate hat während seiner Boxerkarriere insgesamt einhundertzweiunddreißigmal gewonnen – davon fünfzig K.-o.-Siege –, zehnmal verloren und sechsmal unentschieden gekämpft.«

Lew Feldman, dachte Johnnie bei sich, das muß ein jüdischer Boxer gewesen sein. Von denen gab es damals jede Menge. Barney Ross natürlich und Benny Leonhard, beide Weltmeister. Viele von ihnen kämpften unter irischem oder italienischem Namen. Vielleicht konnte man daraus eine Geschichte machen, dachte Johnnie. Ein jüdischer Junge, der grade eben angelandet ist, kurz vor dem Krieg, meldet sich zum Militärdienst, wo er von einem alten Sergeanten das Boxen lernt, dessen eigene Profikarriere durch eine Verletzung jäh abgebrochen wurde. Der Junge nimmt den Namen des Sergeanten an, Jack O'Leary. Er kämpft seinen Weg bis fast an die Spitze, als ihn ein antisemitischer Veranstalter, der seine jüdische Herkunft herausfindet, am Kampf um den Titel hindern will.

Der Junge hat gute Chancen zum Sieg, das weiß der Veranstalter. Er will ihn nur in den Ring lassen, wenn dieser sich bereit erklärt, ein K.o. vorzutäuschen, damit der Veranstalter und seine Kumpanen bei der Wette gegen ihn absahnen können. Ein echtes 40er-Jahre-Melodram, dachte Johnnie. Sergeant O'Leary liegt mit einer tödlichen Verwundung im Sterben. Er bekommt Wind von der Sache und schickt dem Jungen noch vor dem Kampf eine Nachricht, daß er um seinetwillen gewinnen und nicht zulassen soll, daß der Name Jack O'Leary entehrt wird. John Garfield hätte den Jungen im Film spielen können, mit Harry Carey als Sergeant, Eduardo Cianelli in der Rolle des korrupten Veranstalters, Arthur Kennedy als Manager und Trainer des Jungen, Juano Hernandez als sein Sekundant und Priscilla Lane als die Freundin.

Johnnie spulte den Film beim Fahren immer wieder im Geiste ab und stellte die Szenen um. Der Titel sollte heißen *Stirb nicht, um meinetwillen.* Nichts im wirklichen Leben war ihm je so ehrlich erschienen wie die Charaktere in dieser Geschichte.

Dazwischen

In San Antonio angekommen, sagte Lula: »Weißt du, was das Alamo ist?«

»In der Schule hab ich mal davon gehört, soweit ich mich erinnere«, sagte Sailor. »Und den alten John-Wayne-Film hab ich gesehen, wo eigentlich kaum was passiert, bis am Ende dann die Mexikaner über die Stadt herfallen.«

Sailor und Lula waren im *La Estrella Negra*, aßen »Birria con Arroz y Frijoles« und tranken »Tecate« mit Limonenstücken.

»Scheint ein echter Renner zu sein hier«, sagte Lula. »Hast du das auch gemerkt beim Reinfahren: alles haben sie danach benannt, Alamo-Straße, Alamo-Platz, Alamo-Hotel, Haus Alamo. So leicht kannst du das hier nicht vergessen.«

»Ansonsten aber ganz hübsch, dieses San Antonio«, sagte Sailor.

»Also, was machen wir jetzt, Liebling? Wegen dem Geld, meine ich.«

»Keine Sorge. Ich schlage vor, wir machen irgendwo zwischen hier und El Paso halt und suchen uns einen Job.«

»Als du noch ein Kind warst.«

»Mhm.«

»Was wolltest du da mal werden?«

»Pilot. Ich wollte schon immer diese großen Jets fliegen.«

»Du meinst, bei TWA oder Delta oder so was?«

»Ja, das hab ich mir toll vorgestellt, eine Kapitänsmütze auf dem Kopf und so einen großen Vogel über den Ozean zu steuern. Und in Rom und L. A. die Stewardessen ausführen.«

»Warum hast du's nicht gemacht?«

Sailor lachte. »Hatte nie die Chance. War keiner da, der mir geholfen hätte, dahin zu kommen. War kein guter Schüler, kam immer in irgendwelche Schwierigkeiten, und irgendwann war der Zug dann abgefahren.«

»Du hättest doch zur Luftwaffe gehen und dort fliegen lernen können.«

»Hab ich auch versucht. Aber die wollten mich nicht haben, wegen meinem Vorstrafenregister. Das waren ihnen zu viele Ausrutscher. Ich bin noch nicht mal in einem Flugzeug drin gewesen bis jetzt.«

»O Sail, wir müssen unbedingt mal eine ganz lange Flugreise zusammen machen, ich meine, wenn wir Geld übrig haben. Wie wär's mit Paris?«

»Bin sofort dabei.«

Als sie mit dem Essen fertig waren, sagte Sailor: »Sehen wir zu, daß wir weiterkommen, Lula. In großen Städten suchen sie uns zuerst.«

Sailor fuhr, und Lula saß neben ihm, zusammengerollt in ihrem Sitz. Im Radio spielten sie Patsy Cline; sie sang »I Fall to Pieces«.

»Ich wünschte, ich wäre geboren worden, als Patsy Cline noch gesungen hat«, sagte Lula.

»Ist doch völlig egal«, sagte Sailor. »Du kannst ihre Platten auch so hören.«

»Aber dann hätt ich sie vielleicht auch mal sehen können. Ihre Stimme ist einfach großartig. Stell dir Aretha Franklin als Country-Sängerin vor, zur damaligen Zeit! Das war immer mein Traum, Sailor: Sängerin zu werden. Hab ich dir das schon erzählt?«

»Kann mich nicht erinnern.«

»Als ich acht oder neun war, ist Mama mit mir mal nach Charlotte gefahren und hat mich bei einem Talentwettbewerb angemeldet. Es war in einem großen Kino, und auf der Bühne standen die ganzen Kinder aufgereiht. Jeder von uns mußte seine Vorstellung geben, wenn er beim Namen gerufen wurde. Da gab es welche, die Stepptanz machten oder ein Instrument spielten, aber die meisten sangen was vor. Ein Junge zeigte Zaubertricks. Und einer jonglierte mit Bällen und pfiff im Kopfstand das Lied ›Dixie‹, lauter solche Sachen.«

»Was hast du denn vorgemacht?«

»Ich hab ›Stand by Your Man‹ gesungen, das Lied von Tammy Wynette. Mama dachte, es würde sich besonders putzig machen, wenn ich so ein erwachsenes Lied singen würde.«

»Und wie hast du abgeschnitten?«

»Ich war gar nicht so übel. Freilich hab ich die meisten von den hohen Tönen nicht erreicht, und die anderen Kinder auf der Bühne machten Lärm und plapperten während meines Auftritts.«

»Hast du gewonnen?«

»Nein, Sieger war ein Junge, der ›Stars Fell on Alabama‹ auf der Harmonika spielte.«

»Und warum hast du aufgehört zu singen?«

»Mama beschloß, daß ich kein Talent hatte. Sie sagte, sie wollte kein Geld mehr für Stunden verschwenden. Das war, als ich dreizehn war. Wahrscheinlich hatte sie recht. Es hatte keinen Sinn, die Sache nur so nebenbei zu machen. Wenn du eine Stimme wie Patsy Cline hast, da stellt sich so eine Frage gar nicht. Dann weißt du genau, wo's langgeht.«

»Es ist nicht leicht, wenn man immer so in der Mitte liegt, irgendwo dazwischen«, sagte Sailor.

»Wie wir, meinst du?« sagte Lula. »Da hast du recht, das sind wir wirklich. Und ich meine nicht bloß mitten in der Wüste von Texas.«

»Es gibt Schlimmeres.«

»Wenn du es sagst, Liebling.«

»Vertrau mir.«

»Ich vertrau dir doch, Sailor. Mehr, als ich jemals irgend jemandem vertraut habe. So sehr, daß es mir schon manchmal angst macht.«

Sailor lachte, legte den Arm um Lula und streichelte ihr über die Wange. »Uns kann nichts passieren, Peanut, solange wir nur genug Raum haben, um weiterzukommen.«

Lula schnalzte mit der Zunge. »Weißt du, was?« sagte sie.

»Hm?«

»Ich bin nicht sicher, ob ich es wirklich mag, wenn du mich dauernd Peanut nennst.«

Sailor lachte. »Und warum nicht?«

»Da fühl ich mich so am letzten Zipfel der Nahrungskette.«

Sailor sah sie an.

»Ehrlich, Sail. Ich weiß, du meinst es lieb, aber mir fällt dabei immer nur ein, daß eine Erdnuß von allem und jedem gefressen wird, aber sie selbst frißt niemanden. Das macht mich so winzig, das ist alles.«

Sailor nahm eine Gabel voll Bohnen.

»Wie du willst, Baby.«

Willkommen in Big Tuna

Big Tuna, Texas, 305 Einwohner, liegt 125 Meilen westlich von Biarritz, 125 Meilen östlich von Iraaq und 100 Meilen nördlich der mexikanischen Grenze, am südlichen Arm eines Rinnsals mit Namen Esperanza. Sailor fuhr mit dem Bonneville die Straßen von Big Tuna ab und sah sich in dem Ort um.

»Sieht doch aus, als ob man hier Glück haben könnte, Herzblatt«, sagte er. »Was meinst du?«

»Nicht übel«, sagte Lula, »solange man nicht unbedingt auf kühle Brisen steht. Es muß mindestens vierzig Grad im Schatten haben da draußen, und es ist noch nicht mal Mittag.«

»Vierundvierzig, um genau zu sein. Das stand da hinten auf der Anzeige der Iguana-County-Bank. Und da ist bestimmt noch ein Grad unterschlagen. Schließlich will die Handelskammer ihre Besucher nicht gleich am Eingang vergraulen, lieber darf das Thermometer mal ein bißchen untertreiben.«

Sailor wendete den Wagen und stellte ihn vor dem *Iguana Hotel* ab, einem zweistöckigen, weißgestrichenen Holzgebäude, von dessen einzigem Balkon, über dem Eingang, die texanische Flagge herabhing.

»Ist doch gut genug für unsere Ansprüche«, sagte er.

Sailor und Lula mieteten ein einfaches Zimmer im ersten Stock: Doppelbett, Kommode, Spiegel, Stuhl, Waschbecken, Toilette, Badewanne (keine Dusche), Ventilator, Fenster zur Straße. »Nicht schlecht für elf Dollar pro Tag«, sagte Sailor.

»Kein Radio, kein Fernseher«, sagte Lula. Sie streifte die Überdecke ab, warf sie in eine Ecke und setzte sich aufs Bett. »Und keine Klimaanlage.«

»Der Ventilator funktioniert.«

»Was nun?«

»Wir gehen runter in den Drugstore und essen ein Sandwich. Vielleicht erfahren wir da auch, wo es Arbeit gibt.«

»Sailor?«

»Ja?«

»Das ist nicht gerade der aufregendste Ort, um ein neues Leben zu beginnen.«

Sie setzten sich an die Theke des *Bottomleys Drugstore* und bestellten Salami und Käse auf weißem Toast und zwei Cola.

»Ziemlich leer heute«, sagte Sailor zur Bedienung, die ein Plastikschildchen mit dem Namen KATY am Kittel trug.

»Sind alle drüben beim Begräbnis«, sagte Katy. »Heute ist ein trauriger Tag für die Leute hier.«

»Wir sind grade erst angekommen«, sagte Lula. »Was ist denn geschehen?«

»Buzz Dokes, seit zwanzig Jahren hat er eine Farm hier, der hatte einen schrecklichen Unfall. Ganze vierundvierzig Jahre war er alt.«

»Und was ist ihm zugestoßen?« fragte Sailor.

»Die Hummeln haben ihn erwischt. Montag morgen saß Buzz auf seinem Traktor, da ist ein ganzer Schwarm über seinen Kopf hergefallen, und er stürzte runter. Er geriet unter die Mähmaschine, und die Messer haben ihn buchstäblich gevierteilt. Er war über ein Nest gefahren, und die Hummeln sind aufgeflogen und haben ihn angegriffen. Armer Buzz. Der Traktor fuhr weiter, über ihn drüber und dann durch den Zaun, bis er in das Haus eines Mexikaners krachte. Hat es glattweg aus dem Fundament gerissen.«

»Das ist ja der schrecklichste Unfall, von dem ich seit langem gehört habe«, sagte Lula.

»In Big Tuna passieren andauernd irgendwelche seltsamen Dinge«, sagte Katy. »Ich wohn schon immer hier, seit einundvierzig Jahren, mit Ausnahme von zwei Jahren in Beaumont, ich könnte ein ganzes Buch mit Geschichten über diese Stadt schreiben. Und einige wären bestimmt nicht besonders lustig, das kann ich euch sagen! Trotzdem ist es immer noch besser, als in einer Stadt wie Beaumont zu leben, wo Leute auf der Straße vorbeilaufen, die du überhaupt nicht kennst und auch nie kennen wirst. Ich wohne lieber an einem Ort, wo ich weiß, wer die

Leute sind, die ich jeden Tag treffe. Und was führt euch hierher?«

»Wir suchen Arbeit«, sagte Sailor.

»Was Bestimmtes?«

»Ich kenn mich ganz gut mit Autos aus, auch LKWs. Dafür hab ich noch nie was mit Viehzucht oder Feldarbeit zu tun gehabt.«

»Du solltest mal mit Red Lynch reden. Der hat eine Werkstatt, nur zwei Straßen weiter, gegenüber von der Schule. *Red's* steht dran. Der könnte was haben. Soviel ich mitkriege, bleiben die Jungs, die er sonst anstellt, nie sehr lange, dann zieht es sie weiter nach Dallas oder Houston. Hier ist nicht viel los, was sie halten könnte. In einer halben Stunde ist Red bestimmt wieder zurück von Buzz' Beerdigung.«

»Vielen Dank für den Tip, Katy. Ich werd's probieren. Sagen Sie, warum heißt dieser Ort eigentlich Big Tuna? Großen Thunfisch hab ich hier noch keinen gesehen, nicht mal ein Gewässer, wo sich einer aufhalten könnte.«

Katy lachte. »Stimmt. Alles, was wir hier haben, ist das Wasser aus dem Brunnen und das, was vom Himmel fällt – nicht gerade sehr viel in letzter Zeit. Der Esperanza ist das halbe Jahr über trocken. Nein, die Stadt ist nach einem alten Ölbaron benannt, dem Grafen ›Big Tuna‹ Bink, der in den Zwanzigern fast alles Land in der Gegend aufgekauft hat. Vorher hieß sie Esperanza Spring, was auch nicht viel besser ist, denn hier gibt es ebensowenig eine Quelle wie einen Thunfisch. Bink war immer zum Angeln nach Kalifornien, Hawaii oder Australien gegangen und hat dann diese ausgestopften Fische mit nach Hause auf seine Ranch gebracht. Er starb, als ich zehn war. Die ganze Gegend kam zu seinem Begräbnis. Jeder nannte ihn ›Big Tuna‹. In der Iguana-County-Bank – die hat ihm übrigens auch gehört – hängt ein Ölporträt von ihm. Und wo seid ihr her?«

»Aus Florida«, sagte Sailor. »Orlando, Florida.«

»Junge, Junge, meine Enkelkinder würden für ihr Leben gern dieses Disney World besuchen... Ihr wart bestimmt schon oft da, was?«

»Viele Male.«

Lula sog an dem Strohhalm in ihrem Cola und schaute Sailor an. Er drehte sich zu ihr um und lächelte, dann redete er wieder mit Katy. Lula überfiel plötzlich eine Übelkeit.

»Ich geh wieder zurück ins Hotel und leg mich hin, Sailor«, sagte sie. »Die Hitze macht mir zu schaffen.«

»O.k., Liebling, ich seh dich nachher.«

»Wiedersehen«, sagte Lula zu Katy.

»Angenehme *siesta*, meine Liebe«, sagte Katy.

Draußen sah alles wie gebraten aus, wie das Weiße von einem Spiegelei, mit braunen Rändern. Lula ging im Schneckentempo die paar Meter zurück zum *Iguana Hotel* und schaffte gerade noch die Treppe hinauf in ihr Zimmer, da mußte sie sich schon übergeben.

Groß-Nirgendwo

»Sind Sie Red?«

Sailor sprach zu dem verschwitzten Rücken eines stämmigen Mannes mit nacktem Oberkörper, der bis zum Gürtel unter der Motorhaube eines braunen 1983er Buick Regal steckte.

»Nein«, brummte der Mann, ohne sein Gesicht zu zeigen. »Da drin.«

Sailor kam sich vor wie auf einem Schrottplatz. Schmierige, rostige Autoteile, Flaschen, Büchsen, zerfetzte Sofas, Stühle ohne Sitzfläche oder mit nur einem Bein, alte Schrauben, Nägel, Stahlfedern, leere Schachteln, zerdrückte Kartons und noch allerlei anderes Gerümpel lagen kreuz und quer verstreut auf dem Vorplatz von Red's Werkstatt. Ein fetter rotbrauner Hund von undefinierbarer Rasse und mit nur einem Ohr schlief vor der Einfahrt. Aus dem Wellblechgebäude trat ein großer, schlanker Mann Anfang Dreißig, der ein ölverschmiertes rot-weißes T-Shirt mit einem Hook-'em-Horns-Aufdruck und dunkelgraue Arbeitshosen trug und wilde, zerzauste Haare hatte, so rot wie ein reifer Granatapfel.

»Suchst du mich?« sagte er.

»Wenn Sie Red sind.«

»Na, Blackie bin ich nicht«, sagte Red mit einem Lächeln.

Sailor streckte ihm die Hand hin. »Sailor Ripley. Katy vom Drugstore drüben hat gemeint, Sie hätten vielleicht Arbeit für mich.«

Red schüttelte ihm mit seiner öligen Rechten die Hand. »Das Geschäft ist nicht wie das Wetter«, sagte er.

»Und das heißt?«

»Nicht gerade hitzig zur Zeit. Aber Rex, da drüben«, sagte Red und machte eine Kopfbewegung zu dem halbnackten Mann unter dem Buick, »zieht gerade um nach San Angelo. Wenn er geht, könnte ich vielleicht wieder jemand brauchen.«

»Und wann wäre das?«

»Ein, zwei Wochen. Heh, Rex, wann haust du ab nach San Angelo?«

Rex kam unter der Haube hervor. Er wischte sich mit einem verkrusteten schwarzen Lappen das Gesicht ab und spuckte Tabaksaft neben den schlafenden roten Hund auf den Boden. Der Köter rührte sich nicht. Rex hatte quer über die Nase eine Narbe, die mindestens einen halben Zentimeter breit war.

»Susies Ma sagt, Mitte nächster Woche können wir ihren Wohnwagen haben«, sagte er.

»Verstehst du was von Motoren?« sagte Red zu Sailor.

»Ich bin kein Enzo Ferrari, aber in der Schule, da hatte ich den Spitznamen ›Zange‹. Bin Stock-Car-Rennen gefahren, in der C-Klasse.«

»Mal sehen, wie es aussieht, wenn Rex weg ist. Komm einfach noch mal vorbei!«

Zwei Männer, beide um die Vierzig, gingen auf Red zu. Der eine von ihnen hatte eine Baseball-Mütze auf, mit der Flagge der Konföderation darauf, der andere trug einen Strohhut wie Lyndon B. Johnson.

»Wie sieht's aus?« sagte der Mann mit dem Strohhut.

»Schätze, der Zylinderkopf ist hinüber, wie ich schon vermutet hatte.«

»Scheiße, das hab ich befürchtet. Wird also eine Zeitlang dauern, was?«

Red nickte. »Ganz recht«, sagte er.

Der Mann mit der Rebellenmütze kniete sich neben den fetten roten Hund und kratzte ihn hinter dem noch verbliebenen Ohr.

»Wie geht's, Elvis?« sagte er zu dem Hund. »Elvis sieht nicht aus, als ob er je eine Mahlzeit ausgelassen hätte, stimmt's, Red?«

»Da kannst du recht haben«, sagte Red.

Elvis bewegte sich nicht. Ein Dutzend Fliegen saßen auf seinem Gesicht.

»Noch jemand ein Bier?« fragte Rex und nahm ein Sechserpack Budweiser aus einem kleinen Eisschrank, der in der Werkstatt auf Blöcken stand. Er gab jedem der Männer eines, dann riß er von dem, das er für sich behielt, den verschweißten Plastikring ab und warf ihn auf den Boden. Das letzte Bier stellte er zurück in den Kühlschrank.

»Ich bin Buddy«, sagte der Mann mit der Mütze zu Sailor, »und das hier ist Sparky.«

Sailor stellte sich Buddy und Sparky und Rex vor. Sie gaben sich alle die Hand oder nickten sich zu und gingen dann zum Biertrinken in den Schatten.

»Wohnt ihr Jungs hier?« fragte Sailor Buddy und Sparky.

Buddy lachte. »Kommt einem schon fast so vor, was, Spark?«

»Wir hatten eine Autopanne«, sagte Sparky. »Der Buick da drüben. Wir sind seit einer Woche hier, und seitdem sind Red und Rex auf der Suche, was ihm fehlt.«

»Und wo wollt ihr hin?«

»Nach Kalifornien«, sagte Buddy. »Wir wohnen in San Bruno, südlich von San Francisco. Sparky ist Klempner, und ich fahre einen Gemüsetransporter.«

»Was, zum Teufel, hat euch denn hierher verschlagen?«

»In dieses Groß-Nirgendwo, meinst du?« sagte Sparky. »Lange Geschichte.« Er nahm einen großen Schluck aus seiner Dose.

»Die Kurzfassung ist, daß Sparkys Dad in Tampa gestorben ist«, sagte Buddy, »und ihm das Auto hinterlassen hat. Spark und ich sind runtergeflogen zum Begräbnis. Danach haben wir das Zeug, das Spark behalten wollte, zusammengepackt und in dem Buick verstaut. Bis Seguin sind wir gekommen, ein kleines Stück hinter San Antonio, dann fing der Wagen an, Mätzchen zu machen. Wir haben nachschauen lassen und dachten hinterher, es sei nun wieder alles in Ordnung, aber ungefähr in Kerrville stieg plötzlich das Thermometer gewaltig. Wir schalteten die Klimaanlage aus und fuhren weiter; das hätten wir nicht tun sollen, schätze ich. Vierundzwanzig Meilen westlich von hier fing der Motor an zu stottern, und schließlich kochte er. Ich war am Steuer und fuhr runter auf irgendeine ungeteerte Ausfallstraße. Keine Menschenseele weit und breit, absolut nichts, außer einer Menge Staub und Schlangen, fünfzig Grad Außentemperatur und kein Fleckchen Schatten, so weit das Auge reicht.«

Sparky lachte. »Da kommt dieser Pickup Truck vorbei, und Buddy wirft sich förmlich vor ihm auf die Straße und wedelt wie wild mit den Armen. Ausgesehen hat der Junge wie ein vollgefressener Aasgeier bei einem mißglückten Startversuch.«

»Aber im Ernst«, sagte Buddy, »wir hätten glatt krepieren können da draußen. Der Fahrer des Pickups holt also sein Seil raus und schleppt uns bis hierher nach Big Tuna, wo wir unser Schicksal in die unhygienischen, aber angeblich begnadeten Mechanikerhände von Inman ›Nennt mich nicht Inman‹ Red Lynch legen. Und nun erzähl du mal!«

»Mein Mädchen und ich, wir sind auf der Suche nach einem Plätzchen, wo wir uns niederlassen können«, sagte Sailor. »Wir haben unser Lager im *Iguana Hotel* aufgeschlagen.«

»Da wohnen wir auch«, sagte Sparky, »ist das einzige Hotel hier. Ist euch Bobby Peru-wie-das-Land schon über den Weg gelaufen?«

»Nein, wir sind erst seit eineinhalb Stunden hier.«

»Dann lernt ihr ihn sicher noch kennen«, sagte Buddy. »Er hat sich zum Hausmeister im Iguana hochgearbeitet. Sein Laster ist ihm kaputtgegangen vor ein paar Monaten.«

»Exsträfling«, sagte Rex. »Der Kerl hat einige ziemlich deftige Tätowierungen aus dem Gefängnis.«

»Irgendeine Vergangenheit hat jeder«, sagte Red.

»Nur in manchen steckt mehr Zukunft als in anderen«, sagte Buddy.

»Ein wahres Wort«, sagte Rex.

Sailor trank sein Bier aus, stellte die Dose auf den Boden und trat sie mit dem Fuß platt.

»War nett, euch kennenzulernen«, sagte er. »Vielen Dank fürs Bier. Bis demnächst.«

»Ja, wird bestimmt nicht lange dauern«, sagte Buddy.

»Eins muß man Big Tuna lassen«, sagte Sparky, »man kann sich nicht aussuchen, wem man begegnet und wem nicht.«

Als Sailor zurückkam, lag Lula auf dem Bett und war eingeschlafen. Im Zimmer hing ein ekelhafter Geruch, und gleich neben der Tür war ein nasser Fleck auf dem Teppich.

»Bist du es, Sail, Liebling?«

»Niemand sonst.«

Lula schlug die Augen auf und schaute Sailor an.

»Hast du Red getroffen?«

»Mhm. Ihn und noch ein paar andere Jungs. Was ist das für ein Gestank hier drin?«

»Ich mußte kotzen. Hab versucht, es mit Wasser und Seife wegzukriegen, aber das hat nicht viel genützt.«

»Ist dir immer noch schlecht?«

»Ein bißchen, glaub ich. – Schatz?«

»Ja?«

»Komm, setz dich zu mir.«

Sailor ging zu ihr und setzte sich aufs Bett.

»Ich weiß nicht, ob das wirklich der richtige Ort für uns ist.«

Sailor streichelte Lula über den Kopf.

»Es ist ja nicht für immer, Peanut.«

Lula schloß die Augen.

»Ich weiß, Sailor. Nichts ist für immer.«

Eine Nacht in Nacogdoches

»Du hast den Tumult wieder mal verpaßt, Johnnie Boy, wie immer.«

Johnnie und Marietta saßen mit Johnnies Freund Eddie Guidry beim Abendessen in *Joe R's Steak 'n' Shrimp* in Nacogdoches, Texas.

»Was denn für einen Tumult, Eddie?«

»Die Bullen haben einen schwarzen Jungen getötet, der in einen *7-Eleven*-Laden eingebrochen ist und dabei mit einer Pistole auf eine achtundsiebzigjährige weiße Frau geschossen hat. Sie ist gestorben. Der Junge ist getürmt, aber in Bossier County haben sie ihn geschnappt und zurück nach Nacogdoches gebracht, wo ihn so ein Idiot von einem Wachtmeister totgeprügelt hat. Der Junge war fünfzehn. Eine schwarze Rechtsanwältin aus der Stadt, Rosetta Coates, die ziemlich einflußreich hier in der Gegend ist – sie war Jahrgangsbeste an der Universität in Austin –, hat eine Rede gehalten, die die ganze Stadt in Aufruhr versetzt hat. Das Ergebnis: dreizehn Tote. Elf davon Schwarze. Plünderungen und Brandschatzungen. Regelrechter Karneval; Mardi Gras auf texanische Art.«

»Johnnie hat mir erzählt, daß Sie Schriftsteller sind, Mr. Guidry«, sagte Marietta.

»Ja, Madam.«

»Darf ich fragen, welche Art von Literatur Sie schreiben?«

»Abenteuerromane, mit viel Action. Ich glaube nicht, daß Ihnen die gefallen würden.«

»Ob ich wohl schon mal von einem gehört habe?«

»Vor drei, vier Jahren, da hatte ich mal einen, der war fast ein Bestseller, ›Death Chopper‹ war der Titel. Hat sich verdammt gut in Supermärkten verkauft.«

»Ist ja interessant, Mr. Guidry. Ich wußte gar nicht, daß Bücher auch in Supermärkten verkauft werden.«

»Aber ja. Richtige Buchhandlungen gibt es doch gar nicht mehr. Man kauft sich eine Zahnbürste, einen Liter fettarme Milch, ein paar Batterien, ein Päckchen Pariser, eine Fernsehzeitschrift und einen Taschenbuch-Bestseller, alles in einem Aufwasch.«

»Eddie und ich haben uns beim Militär kennengelernt, Marietta«, sagte Johnnie. »Wir waren zusammen in Fort Jackson und dann in Vietnam.«

»Schreiben Sie viel über Ihre Erlebnisse in Vietnam, Mr. Guidry?«

»Nein, Madam, eigentlich nicht. Damit ein Buch sich gut verkauft, muß es sich lesen wie ein Comic. Ich schreibe nicht gerade das, was man *ernste* Literatur nennt, ernst ist mir beim Schreiben nur das Geld, das nehme ich sogar sehr ernst! Nein, der wahre Literat von uns beiden ist zweifellos Johnnie. Haben Sie mal eine von seinen Geschichten gelesen?«

»Was? Johnnie?« sagte Marietta. »Warum hast du mir nie was von deinen Schreibversuchen gezeigt?«

Johnnie schüttelte den Kopf und schnitt ein Stück von seinem Steak ab.

»Er hat die richtig guten Ideen, der alte Knabe«, sagte Eddie. »Darum hab ich ihn immer beneidet.«

Nach dem Essen rief Marietta von ihrem Zimmer im *Ramada Inn* Dalceda Delahoussaye an.

»Dal? Wie geht's dir, Liebes?«

»Marietta? Wo bist du?«

»In Nacogdoches, Texas, am Ende der Welt. Johnnie wollte den Abstecher machen, um einen alten Freund namens Eddie Guidry zu besuchen. Hast du schon mal von ihm gehört? Behauptet, er schreibt Romane.«

»Louis hat mal einen von ihm gelesen. ›Chopped to Death‹ hat der geheißen, glaube ich. Der Mann muß Multimillionär sein. Ist er noch zu haben?«

»Geschieden, vier Kinder. Lebt mit einem mexikanischen Mädchen zusammen, sagt Johnnie. Die Tochter der eigenen Hausangestellten. Wahrscheinlich kaum älter als vierzehn.«

Dal lachte. »Gegen das junge Gemüse kommen wir nicht an, Marietta. Das wächst ständig nach.«

»Mr. Guidry ist nicht mein Typ. Ich schwör dir, Dal, der Kerl hat Haare am Leib! Sein Haaransatz geht runter bis zur Nasenwurzel, und aus allen Öffnungen sprießen sie ihm raus, besonders aus den Ohren. Ziemlich widerlicher Anblick.«

»Was ist mit Lula?«

»Johnnie hat einen Mann in San Antonio auf die beiden angesetzt. Wir wissen, daß ihnen das Geld langsam ausgeht, also müssen sie irgendwo haltmachen und arbeiten. Johnnie ist sich neunzigprozentig sicher, daß sie nach Westen wollen. Sein Kompagnon in San Antonio telefoniert herum. Damit hat man eine größere Flächendeckung, sagt Johnnie.«

»Klingt jedenfalls schlau. Schläfst du mit ihm, Marietta?«

»O Dal, hör auf damit! Wir haben getrennte Zimmer im Ramada.«

»Gestern nacht, da komme ich ins Schlafzimmer, und Louis schläft schon, aber sein Ding steht hoch wie eine Eins. Na ja, für seine Verhältnisse jedenfalls. Ich klettere also ganz vorsichtig rauf, hol ihn aus der Pyjamahose raus und steck ihn mir rein.«

»Dal!« stieß Marietta aus. »Du lügst!«

»Was willst du, wenn ich ihn anders nicht rumkriege? Dann ist er plötzlich aufgewacht und noch plötzlicher gekommen, alles in allem also nichts, was der Rede wert wäre. Ich sag dir, Marietta, wir sollten ins gute alte Mexiko runterfahren und uns ein paar Strandboys vom Maracaspiel wegangeln, so, wie es Ava Gardner in dem einen Film getan hat. Noch sind wir nicht tot oder ausgetrocknet, aber lange dauert es nicht mehr. Ich mein das *ernst*, Marietta.«

»Ich bin müde, Dal. Sobald ich was Neues weiß, ruf ich dich wieder an.«

»Denk drüber nach, was ich gesagt habe, hörst du? Ich liebe dich, Marietta. Paß auf dich auf.«

»Mach ich, Dal. Wiedersehen.«

Readers Geschichte

»Hast du mal diesen Film mit Errol Flynn gesehen, *Der Held von Burma?*« fragte Sailor.

Lula saß auf einem Stuhl und lackierte sich die Fußnägel. »Kann mich nicht erinnern«, sagte sie.

»Flynn und ein paar Soldaten stehen im Flugzeug, kurz vor dem Absprung in den Dschungel, irgendwo bei Mandalay oder so ähnlich, während des Zweiten Weltkriegs«, sagte Sailor. »Einer der Jungs fragt Flynn: ›Was ist, wenn mein Fallschirm nicht aufgeht?‹, und Flynn sagt: ›Dann bist du der erste, der unten ankommt.‹ «

Lula lachte. »Er sah verflucht gut aus«, sagte sie, »sogar trotz seines Schnurrbarts. Ich hab Haare im Gesicht bei den Männern nie ausstehen können, außer es war einer so häßlich, daß er sich gut dahinter verstecken konnte.«

Sailor stieg aus dem Bett und begann sich anzuziehen. »Gehn wir abendessen, Peanut«, sagte er. »Ich bin reif.«

»Meine Nägel müssen noch trocknen, Sailor. Erzähl mir solang doch eine Geschichte.«

»Was willst du denn hören, Liebling?«

»Mich interessiert alles, was du erzählst«, sagte Lula. »Das weißt du doch.«

»Du bist geradezu verboten süß, Liebling«, sagte Sailor.

Lula kicherte und streckte sich auf dem Bett aus; die Füße ließ sie über die Kante baumeln. Sailor setzte sich auf einen Stuhl neben dem Fenster. Er konnte flimmernde Hitzewellen über die Straße rollen sehen.

»Oben im Pee Dee, da hab ich einen Kerl namens Reader O'Day kennengelernt«, sagte er. »Reader saß, weil er seine Lebensgefährtin kaltgemacht hatte. Er hat siebzehn Jahre gekriegt für Totschlag, trotz der mildernden Umstände.«

»Was ist denn das für ein Name, Reader?« fragte Lula.

»Er heißt so, weil er viel liest. Seinen richtigen Vornamen hab ich nie gehört, soweit ich mich erinnere. War ständig in irgendwelche Bücher vertieft, die ihm seine Leute geschickt haben; Reader war auf dem College gewesen. Er ist bestimmt schon sechsundvierzig inzwischen, und er liest immer noch Bücher.«

»Ist ja wirklich erstaunlich«, sagte Lula. »Ich meine, das ist doch nicht gerade typisch für einen Kriminellen.«

»Eine Zeitlang hat er immer die Bücher von so einem toten Franzosen gelesen. Reader hat mir erzählt, alle Bücher von diesem Mann wären Teile eines Ganzen, das sich *Auf der Suche nach alten Zeiten* nannte oder so ähnlich. Jedenfalls hat Reader gesagt, daß dem Kerl die Idee, all das Zeug niederzuschreiben, gekommen ist, als er ein Biskuit gegessen hat.«

»Ein Biskuit?«

»Ja, einen Keks. Der Franzose biß in einen Keks, und in dem Moment rollte eine Flut von Erinnerungen in sein Hirn, und die schrieb er auf. Reader sagte, der Kerl war oft krank, und noch als er im Sterben lag, hat er weitergeschrieben, bis zur letzten Sekunde.«

Lula schnalzte ein paarmal mit der Zunge.

»Warum hat Reader seine Frau denn umgebracht?« fragte sie.

Sailor schüttelte den Kopf und pfiff leise durch die Zähne.

»Das ist eine lange Geschichte«, sagte er. »Sie hatten eine Tochter zusammen, die anscheinend mit der Mutter nicht so toll klarkam, und für Reader war die Kleine der einzige Grund, bei ihr zu bleiben. Soviel er erzählt hat, hat die Frau das kleine Mädchen ziemlich brutal behandelt, und ihn selbst auch. Reader sagte, einmal hätte sie ihn mit einem heißen Bügeleisen angegriffen und ein andermal sogar mit der Kettensäge.«

»Klingt wie dieser Film, den ich mir nicht anschauen wollte«, sagte Lula.

»Reader sagte sich, daß er bleiben müsse, um seine Tochter zu beschützen. Eine Weile wohnten sie unten bei Morgan City, und er arbeitete auf den Ölfeldern. Als es mit der Ölindustrie bergab ging, zogen sie wieder in den Piedmont, und er wechselte ins Tabakgeschäft. Die Frau arbeitete ab und zu als Aushilfe im Krankenhaus. Reader sagte, sie sei irgend so eine strohdumme Gans aus dem hintersten Alabama gewesen, die er zu einer Zeit aufgegabelt hatte, als es ihm selber nicht gerade prächtig ging. Nach der Geburt der Tochter hätte er sich aber wieder gefangen.«

»Er kommt wohl aus einer guten Familie?« sagte Lula. »Wenn er auf dem College war.«

»Ich glaube, er hat mal gesagt, sein Daddy war Arzt«, sagte Sailor. »Wahrscheinlich war er das schwarze Schaf der Familie, weil er auf den Ölfeldern herumzog und x-beliebige Hilfsarbeiterjobs annahm. Jedenfalls machte ihm die Frau ständig Druck, daß er sie heiraten sollte, wegen der Tochter. Reader wollte sich nicht an die Frau binden und sagte zu ihr, er sei einzig und allein wegen des Kindes noch bei ihr. Das ging eine ganze Weile so hin und her, sie verlangte die Heirat, und er weigerte sich. Bis eines Tages die Frau mit einem Gewehr auf ihn losging und drohte, ihn umzubringen, wenn er sie nicht auf der Stelle heiraten würde. Die Tochter, die damals vielleicht zehn Jahre alt war, war gerade in der Schule oder sonstwo außer Haus. Er sagte, sie solle die Knarre runternehmen, da drückte sie ab. Die Kugel streifte sein linkes Ohr, sagte er, und blieb hinter ihm in der Wand stekken. Er riß ihr das Gewehr aus den Händen, und dann drehte er ein bißchen durch.«

»Du meinst, er hat geschossen?« sagte Lula.

»Fünf- oder sechsmal«, sagte Sailor. »Schätze, die Wut hat ihn gepackt und er hat so oft den Hahn gespannt und abgedrückt, bis das Magazin leer war. Aber dann hat er den gröbsten Fehler begangen.«

»Als ob das nicht genug wäre, die Frau mit einem halben Dutzend Kugeln zu durchlöchern«, sagte Lula.

»Anstatt die Bullen zu rufen«, sagte Sailor, »und sich auf Notwehr zu berufen oder auf eine Kurzschlußreaktion, für die er ja Gründe gehabt hätte, hat er ihre Leiche in einen Duschvorhang eingewickelt und unter dem Haus vergraben.«

»Was hat er denn der Tochter erzählt?«

»Einfach, daß ihre Mutter weggefahren sei, auf Urlaub oder so. Reader hat sie zu seinen Eltern gebracht und ist abgehauen, erst nach New York, dann Chicago, Las Vegas, überall war er. Man hat ihn gefaßt, als er zurückkam und versuchte, sich heimlich mit seiner Tochter zu treffen.«

»Und wie hat die Polizei die Leiche gefunden?«

»Das ist der interessanteste Teil«, sagte Sailor. »Sie haben sie gar nicht gefunden. Zumindest nicht, bevor Reader ihnen verraten hat, wo er sie versteckt hatte. Sie haben ihn nur aufgrund von Indizien vor Gericht gebracht. Mitten in der Verhandlung, während Reader schon dachte, er würde freigesprochen, haben sie seine Mutter unter Strafandrohung als Zeugin vorgeladen, und als sie die Aussage verweigerte, haben sie sie eingebuchtet. Sie ist eine ältere Dame mit schlechter Gesundheit und hat nicht länger als eine Woche durchgehalten. Als sie wieder rauskommt, gibt sie zu, daß Reader ihr von der Schießerei erzählt hat. Reader sagt aus, daß seine Lebensgefährtin ihn angegriffen hat und daß der Schuß auf sie losging, als er ihr die Waffe entreißen wollte und es zu einem Handgemenge kam, daß es also ein Unfall war. Er sagt ihnen, wo die Leiche vergraben ist, sie buddeln sie aus und finden sie von lauter gezielten Schüssen durchlöchert. Zusammen mit der Tatsache, daß er getürmt ist, wirft das natürlich kein gutes Licht auf Reader. Die Geschworenen nahmen ihm seine Version nicht ab. Er hat zu mir gesagt, die meisten Geschworenen seien Frauen gewesen, und als er im Gerichtssaal sagte, daß seine Lebensgefährtin jedesmal vollends unausstehlich wurde, wenn sie ihre Tage hatte, da sahen die ihn an, als ob sie ihn am liebsten auf der Stelle gelyncht hätten. Reader ist wahrscheinlich der netteste Kerl, den ich im Pee Dee kennengelernt habe. Die Nägel schon trocken, Peanut?«

Tag und Nacht im Iguana Hotel

»Wie kriegt man sechzehn Haitianer in einen Plastikbecher?« fragte Sparky.

»Wie denn?« sagte Lula.

»Sag ihnen, er schwimmt.«

Es war zehn Uhr abends, und Sailor, Lula, Sparky und Buddy saßen in der Halle des *Iguana Hotels*, teilten sich Sparkys Flasche Ezra Brooks und schwatzten.

»Sparky ist ein Meister in Florida-Witzen«, sagte Buddy.

»Um in Big Tuna zu überleben, braucht man auch einen ausgeprägten Sinn für Humor«, sagte Sparky.

Bobby Peru trat ein und kam auf sie zu.

»Tag allerseits«, sagte er.

»Sailor, Lula, hier ist er, höchstpersönlich«, sagte Buddy. »Bobby, das sind Sailor und Lula, die jüngsten Gestrandeten, ökonomische Variante.«

Bobby machte eine Verbeugung vor Lula und gab Sailor die Hand.

»Bobby Peru, wie das Land.«

Sparky und Buddy lachten.

»Wenn man Red und Rex fragt«, sagte Buddy, »dann ist Bobbys Auftauchen das Aufregendste, was Big Tuna zugestoßen ist, seit 1986 der Wirbelsturm das Dach von der Schule abgehoben hat.«

»Noch keine zwei Monate in der Stadt, und es gibt kein junges Ding mehr in der Gegend, das nicht wüßte, wie deine tätowierte Kobra funktioniert, stimmt's, Bob?« sagte Sparky.

Bobby lachte. Es war ein schiefes Grinsen, das im rechten Mundwinkel seine braunen oberen Vorderzähne zum Vorschein brachte, ganze drei Stück, mehr hatte er nicht. Er hatte dunkles, gewelltes Haar und eine kleine, schmale Nase mit einem leichten Linksdrall. Die Augenbrauen waren gerade, spitz zulaufend und sahen aus wie aufgemalt. Was Lula an Bobby Peru erschreckte, waren die Augen: schwarz und stumpf, ohne den winzigsten Lichtreflex. Sie waren wie schwere dunkle Vorhänge, die keinen Blick nach innen zuließen. Lula schätzte ihn etwa gleich alt wie Sparky und Buddy, aber Bobby war der Typ, der mit fünfundvierzig noch genauso aussah, wie er schon mit zwanzig ausgesehen hatte.

»Sind Sie aus Texas, Mr. Peru?« fragte Lula.

Bobby zog sich einen Stuhl heran und goß sich ein Schnapsglas voll Whisky ein.

»Ich komme von überall her«, sagte er. »In Tulsa geboren, aufgewachsen in Arkansas, Illinois, Indiana und gelebt in Oregon, South Dakota, Virginia. Ich habe Verwandte in Pasadena, Kalifornien, die wollte ich besuchen, als meinem Dodge die Achse gebrochen ist. Hab immer noch vor, dahin zu kommen.«

»Sie waren bei der Marine, stimmt's?« sagte Sailor. Er hatte auf Bobbys rechter Hand ein tätowiertes ›USMC‹, United States Marine Corps, bemerkt.

Bobby sah auf seine Hand und spannte die Haut.

»Vier Jahre«, sagte er.

»Bobby war in Cao Ben dabei«, sagte Sparky.

»Was ist denn Cao Ben?« fragte Lula.

»Wie alt bist du?« fragte Buddy zurück.

»Zwanzig.«

»Da hat es eine Bande Zivilisten erwischt«, sagte Bobby. »März 1968. Wir haben ein Dorf in Brand gesteckt, und die Regierung hat aus der Mücke einen Elefanten gemacht. Politiker, die sich ein bißchen wichtig machen wollten! Den kommandierenden Offizier haben sie wegen Mord angeklagt. Das Problem war nur, in dem Krieg gab's so was wie Zivilisten gar nicht.«

»In Cao Ben starben eine Menge Frauen, Kinder und alte Leute«, sagte Buddy.

Bobby nippte an dem Whisky und schloß für einige Sekunden die Augen, bevor er sie wieder aufmachte und Buddy ansah.

»Wir waren auf einem Schiff, Kumpel. Da kannst du nicht

großartig Kontakt knüpfen zu den Leuten, wenn du draußen im Golf von Tonkin schwimmst. War nicht so einfach.«

»Hab Perdita gesehen, heute nachmittag«, sagte Sparky. »Sie kam bei Red's vorbei und hat dich gesucht.«

»Ich hatte zu tun, drüben in Iraaq«, sagte Bobby. »Bin sowieso grade auf dem Weg zu ihr.«

Er stand auf und stellte das Schnapsglas auf den Stuhl.

»War mir ein Vergnügen«, sagte Bobby zu Sailor und Lula. »*Adiós*, Jungs.«

Er ging hinaus.

Nachdem Bobby weg war, sagte Lula: »Irgendwas an diesem Mann macht mir angst.«

»Das ist nur Bobbys Art«, sagte Buddy.

»Wird den Gefängnisgeruch nicht los«, sagte Sparky und goß sich noch ein Glas ein.

Lula legte die Hand auf Sailors Bein. »Schatz, ich fühl mich immer noch nicht ganz wohl«, sagte sie. »Ich geh ins Bett.«

»Ich komme mit«, sagte Sailor.

Sie wünschten Buddy und Sparky eine gute Nacht und gingen nach oben.

Im Zimmer sagte Sailor: »O Mann, dieser Kotzgeruch ist aber hartnäckig.«

»Morgen kauf ich Essigessenz und reib noch mal drüber, Liebling, damit geht's bestimmt weg.«

Lula ging ins Badezimmer und blieb lange drin. Als sie wieder rauskam, fragte Sailor, ob er ihr irgendwie helfen könne.

»Nein, ich glaube nicht, Sail. Ich muß mich nur hinlegen.«

Lula hörte zu, wie sich Sailor die Zähne putzte, pinkelte und die Spülung drückte.

»Sailor?« sagte sie, als er ins Bett kletterte. »Weißt du was?«

»Ich weiß, es gefällt dir nicht besonders hier.«

»Nein, was anderes. Vielleicht bin ich schwanger.«

Sailor rollte sich herum und schaute Lula in die Augen.

»Soll mir recht sein, Peanut.«

»Also, nimm das nicht persönlich, aber ich bin mir nicht so sicher, ob es mir recht ist.«

Sailor legte sich auf den Rücken.

»Wirklich, Sailor, das hat nichts mit dir zu tun. Ich liebe dich.«

»Ich dich auch.«

»Ja. Aber irgendwie bin ich nicht ganz glücklich darüber, wie manche Dinge laufen, und das hilft mir nicht gerade, ruhig Blut zu bewahren.«

Sailor stand auf und ging rüber zum Fenster. Er setzte sich auf den Stuhl und schaute hinaus. Auf der gegenüberliegenden Straßenseite saßen Bobby Peru und eine Mexikanerin mit langen schwarzen Haaren in einem braunen 1971er Eldorado Cabrio mit heruntergelassenem Verdeck. Sailor beobachtete, wie die Frau ein Messer aus ihrer Tasche zückte und Bobby damit bedrohte. Der nahm ihr das Messer ab und warf es weg. Sie stieg aus und rannte davon. Bobby ließ den Motor an und fuhr ihr hinterher.

»Ich weiß, es ist nicht einfach, Lula«, sagte Sailor, »aber ich verspreche dir, es wird nicht schlimmer werden.«

Frühe Kindheit

»Mich hat immer fasziniert, wie die Leute sich benehmen, wenn sie Geschäfte abschließen, Marietta. Vor allem, wenn sie über große Geldsummen reden, dann senken sie die Stimme und flüstern. Ob der jeweilige Gauner den Gewinn, den er sich von dem Handel verspricht, überhaupt noch eigenhändig ausgeben kann oder ob er längst tot oder alt und siech sein wird, das spielt überhaupt keine Rolle. Worum es geht, ist einzig und allein die Vorstellung des Gewinns. Diese vollkommene Demut, die manche Leute vor dem Geld haben, erstaunt mich immer wieder. Allein schon das Nennen einer großen Summe flößt ihnen den höchsten Respekt ein, gerade so, als ob das Geld davonlaufen könnte, wenn man nicht ehrerbietig genug von ihm spricht. Ich sage dir, Marietta, die einzigen zwei Dinge, für die die Leute überhaupt noch echtes Interesse aufbringen, sind das Geld und das Abnehmen.«

Johnnie und Marietta tranken Kaffee in einer Nische im Speiseraum der *Bad Bull*-Raststätte in Biarritz.

»Johnnie, alles, worüber ich mir im Moment Sorgen mache, ist Lula.«

Eine Bedienung kam herüber und schenkte Johnnie Kaffee nach. Marietta deckte ablehnend ihre Tasse mit der rechten Hand zu.

»Danke, ich hab genug, Kleines«, sagte sie zu dem Mädchen, das vielleicht siebzehn Jahre alt war, und zu Johnnie gewandt fuhr sie fort: »Sieht sie nicht aus wie meine Lula, Johnnie? Dieselbe zarte Haut, wie Butter.«

Die Bedienung lächelte, legte die Rechnung auf den Tisch und ging.

»Hör zu, Marietta, es hat wirklich keinen Sinn, länger blind in der Gegend herumzugondeln. Ich freu mich, daß du meine Gesellschaft schätzt und alles, aber solange wir nicht ein paar mehr konkrete Hinweise haben, vergeudest du hier nur deine Zeit.«

»Ich werd verrückt, wenn ich nur zu Hause herumsitze. So hab ich wenigstens das Gefühl, daß ich was *tue*.«

Johnnie seufzte und nippte an seinem Kaffee.

»Um die Wahrheit zu sagen«, sagte er, »ich kann diese Hasenjagd nur noch ein paar Tage mitmachen, eine Woche im Höchstfall. Dann muß ich zurück nach Charlotte. Da wartet Arbeit auf mich. Maceo in San Antonio kann weiter am Ball bleiben, und ich rufe ein paar Leute in der Gegend an, die vielleicht hilfreich sein könnten. Ich wette, Sailors Bewährungshelfer hat ihn inzwischen als unauffindbar gemeldet.«

Mariettas Augen füllten sich mit Tränen, und ihre Nase begann zu laufen.

»Marietta, es tropft gleich in deinen Kaffee.«

Johnnie gab ihr eine Serviette. Marietta nahm sie, wischte sich die Augen trocken und putzte sich die Nase.

»Ich hasse dieses Gefühl von Hilflosigkeit, ich hasse es mehr als alles andere. Dal war auch dagegen, daß ich herkomme.«

»Wir geben noch nicht auf, hab ich doch gesagt. Oft geht es ganz schnell, und plötzlich hat man eine Spur.«

»Ich muß mal wohin.«

Johnnie nahm sein Notizbuch aus der Tasche und sah sich an, was er am Abend vorher im Motel geschrieben hatte. Er hatte beschlossen, über seine Kindheit zu schreiben, beginnend mit den ersten sexuellen Erfahrungen, an die er sich erinnerte.

Meine frühe Kindheit
von Johnnie Farragut

Als ich noch sehr klein war, vielleicht drei oder vier Jahre alt, stellte ich mir manchmal vor, daß ich ein Leopard oder ein Panther wäre. Ich krabbelte über den Fußboden und versuchte, den Frauen unter die Kleider zu schauen. Einmal hat mich unser Hausmädchen dabei erwischt, wie ich es bei ihr versuchte.

Sie trug Strümpfe, und ich konnte hinaufsehen bis zu ihrem Strumpfhalter und zu der dunklen Fläche zwischen ihren Beinen. Sie preßte meinen Kopf zwischen ihre Knie und lachte.

»Da, schnupper mal, Kleiner«, sagte sie. »Schnupper nur gründlich, davon wirst du nie genug kriegen.«

Ich bekam es mit der Angst zu tun und versuchte verzweifelt, meinen Kopf zu befreien, aber ich war eingeklemmt. Sie hatte mich in der Zange zwischen ihren Schenkeln. Die einzige Richtung, in der mein Kopf sich bewegen ließ, war nach oben, und so rutschte ich immer höher unter ihr Kleid, bis mein Gesicht den feuchten weißen Stoff ihres Schlüpfers berührte. Sie fing an, sich zu bewegen, so daß meine Nase gegen ihre Klitoris rieb und ihre Hose immer feuchter wurde, dann drückte sie immer fester gegen meinen Mund und mein Kinn. Ich würgte, ich bekam kaum Luft, aber im eisernen Griff ihrer Beine war ich völlig hilflos.

Mir war schwarz vor Augen, und mein Gesicht war klebrig. Der Geruch war überwältigend, wie in einem Stall. Erst kam es mir jedenfalls so vor, wie Pferdeäpfel, aber bald merkte ich, daß es doch anders roch, anders als alle Gerüche, die ich bisher kannte. Ich dachte, gleich ersticke ich, gleich bin ich tot, als sie die Beine ein klein wenig locker ließ. Jetzt hielt sie meinen Kopf in sich rein, atmete immer schneller und machte lauter schreckliche Geräusche, während sie sich an meinen Haaren hin und her rieb. Schließlich ließ sie mich frei. Ich war nicht tot, ich fiel zurück auf den Boden und machte die Augen auf. Ich schaute zu ihr hinauf, und sie grinste.

»Komm, Kleiner«, sagte sie und hielt mir ihre Hand hin. »Wir gehen lieber mal dein Gesicht abwaschen.«

Marietta kam zurück und setzte sich wieder.

»Wann läßt du mich mal was lesen von deinen Geschichten, Johnnie?«

Johnnie klappte sein Notizbuch zu und steckte es wieder in die Manteltasche.

»Vielleicht schon bald. Wenn ich was habe, das dich interessieren könnte.«

»Wahrscheinlich interessiert mich mehr, als du denkst.«

»Ich will dich nicht enttäuschen, Marietta, das weißt du.«

Marietta lächelte. »Aber ja, Johnnie«, sagte sie, »ich weiß.«

Moskitos

Sailor machte gerade einen Ölwechsel bei dem Bonneville, als Bobby Peru in seinem braunen Eldorado ankam.

»Brauchst du Hilfe?«

»Danke, Bobby, bin fast fertig.«

Sailor zog die Wanne mit dem Altöl unter dem Bonneville heraus.

»Wo kann ich das am besten hinschütten?«

»Da hinten. Komm mit, ich zeig's dir.«

Sailor nahm die Wanne und folgte Bobby hinter das *Iguana Hotel.*

»Da in die Büsche kannst du's schütten, hier kommt sowieso nie jemand her. Lust auf ein Bier?«

»Klar, Bobby, gute Idee.«

»Fahren wir zu *Rosarita's*! Warst du da schon mal?«

»Nein. Nie gehört.«

»Dachte, vielleicht hätten dich Sparky und Buddy mal mitgenommen. Komm. Wir nehmen mein Auto.«

Sie stiegen in den Cadillac, und Bobby fuhr langsam die Travis Street, die Hauptstraße von Big Tuna, entlang.

»Dein Wagen?« fragte Sailor.

Bobby lachte. »Keine Spur, gehört Tony Durango. Ich bin in letzter Zeit öfters mit seiner Schwester ausgegangen. Tony ist für ein paar Wochen oben in Fort Worth bei der Familie seiner Frau, solange läßt er mich damit fahren. Wo hast du denn heute deine süße Frau?«

»Die ruht sich auf unsrem Zimmer aus. Fühlt sich nicht besonders.«

»Tut mir leid, das zu hören. Aber Frauen haben wohl immer irgendwelche Wehwehchen, jedenfalls alle, die ich kenne.«

Bobby bog von der Travis Street in die Ruidoso Road ein und jagte den Eldorado auf hundertzwanzig. Er hielt das Tempo fünf

Minuten lang, bis sie an eine ehemalige Tankstelle kamen, dann bremste er und fuhr um das Gebäude herum auf die Rückseite, wo ein halbes Dutzend Pickup Trucks und drei oder vier PKWs in einer Reihe geparkt waren. Bobby zwängte den Cadillac zwischen einen beigen Ford Ranger und einen weißen Ranchero.

»Früher war hier mal eine Mobil-Tankstelle«, sagte Bobby, als sie ausstiegen. »Der Mann hat einen Club daraus gemacht und ihn nach seiner Frau benannt. Eines Tages verließ sie ihn, da hat er sich erschossen. Jetzt gehört der Laden ihr.«

Sie betraten einen langen dunklen Raum, in dem ein Dutzend Männer, die meisten mit Cowboyhüten, auf Barhockern saßen und Bier aus eisgekühlten Krügen tranken.

»Schnaps gibt's hier nicht«, sagte Bobby zu Sailor, »nur Bier.«

Sie nahmen zwei Hocker in Beschlag, und Bobby sagte: »Zwei Stars, Jimmy.«

Der Barkeeper, der höchstens einssechzig groß war und mindestens zweihundertvierzig Pfund auf die Waage brachte, kam mit zwei Flaschen und zwei Bierkrügen.

»Wie geht's, wie steht's, Bobby?« sagte er. »Wer ist dein *amigo*?«

»Sailor, das ist Jimmy, auch unter dem Namen Mr. Four-by-Four bekannt. Er ist immer darauf bedacht, daß die Chefin ordentlich an dir verdient. Aber er gibt dir nie mehr als vierzig, fünfzig Bier, es sei denn, du mußt nicht mehr Auto fahren.«

»Hallo, Sailor«, sagte Jimmy. »Fühl dich wie zu Hause.«

Er ging wieder ans andere Ende der Bar.

»Hast du nicht gesagt, das wäre ein Privatclub hier?« sagte Sailor zu Bobby. »Wie kommt es, daß ich hereindarf, obwohl ich kein Mitglied bin?«

»Bist du schwarz?«

»Nein.«

»Bist du Indianer?«

»Nein.«

»Dann bist du Mitglied.«

In der Musikbox spielte gerade »I've Got a Tiger by the Tail« von Buck Owens, und Bobby klopfte auf der Theke den Takt mit.

»Drei oder vier Millionäre hier drin im Moment«, sagte er. Sailor sah sich um und musterte die anderen Gäste. Sie waren allesamt einfach gekleidet.

»Sieht aus wie eine gewöhnliche Horde alter Männer, wenn du mich fragst«, sagte Sailor. »Ist wohl Geld aus dem Ölgeschäft, was?«

»Öl, Gas, Vieh, Landwirtschaft. Hier läßt sich das keiner so raushängen. Iguana County ist eine der reichsten Gegenden von Texas.«

»Wär ich nicht draufgekommen, bestimmt nicht.«

»Noch ein Bier?«

»Klar doch, warum nicht?«

Als sie bei ihrer fünften Runde waren, ging Bobby rüber zur Musikbox und warf ein paar Vierteldollarmünzen ein.

»Q-sieben«, sagte er und kletterte wieder auf seinen Hocker, »dreimal hintereinander. Pee Wee Kings ›Waltz of Regret‹, mein Lieblingslied.«

Pee Wees Schlaggitarre dröhnte durch den Zigarettenqualm und schwirrte um Sailors Kopf. Sein Spiegelbild in der langen Scheibe hinter der Bar verschwamm allmählich.

»Hab mir eine einmalige Gelegenheit drüben in Iraaq angesehen«, sagte Bobby. »Bräuchte aber einen zweiten Mann.«

»Und was für eine Gelegenheit ist das?«

»Eine Tierfutterhandlung, haben bis zu fünf Riesen im Safe. Dafür brauch ich einen guten Mann als Rückendeckung. Wir teilen halbe-halbe. Interessiert?«

Sailor wußte, daß er schon leicht betrunken war. Er ließ den Kopf auf den Schultern kreisen und dehnte die Nackenmuskeln. Er sah Bobby ins Gesicht und versuchte angestrengt, die Augen zu fixieren.

»Ein Kinderspiel, Sailor. Nur zwei Angestellte. Den einen nehm ich mit nach hinten zum Safeöffnen, während du den andren in Schach hältst. Du hast doch nicht vor, in Big Tuna eine Familie zu gründen, oder?«

»Hat Lula dir erzählt, daß sie schwanger ist?«

Bobby grinste und zeigte seine drei braunen Zähne.

»So ein paar große Scheinchen oder noch mehr kämen euch beiden doch bestimmt gelegen. Damit kommt ihr bequem bis zur Westküste oder nach Mexiko oder sonst irgendwohin, und es bleiben euch sogar noch ein paar Dollars in Reserve. Ich hab mir alles genau überlegt. Der einfachste Weg ist immer der beste.«

»Ich weiß nicht recht, Bobby. Das muß ich mir noch mal durch den Kopf gehen lassen.«

»Das gefällt mir an dir, Sailor. Ein richtiger Mann entscheidet sich nie mit halbvollem Tank. Hast du genug?«

Sailor trank sein Bier aus und nickte. »Jetzt ja.«

»Komm mit raus, ich will dir was zeigen.«

Bobby sah sich um, bevor er den Kofferraum des Eldorado aufmachte. Er schlug eine braune Armeedecke zurück und sagte: »Das ist ein abgesägtes Ithaca-Gewehr, doppelläufig, mit einem Pistolengriff, der ist geschnitzt, aber mit Klebeband umwickelt. Daneben ist eine 32er Smith & Wesson mit 6-Zoll-Lauf. Mit den beiden können wir es schaffen.«

Bobby ließ die Waffen wieder unter der Decke verschwinden und schloß den Kofferraum. Er und Sailor stiegen in den Wagen. Der Himmel war dunkelrosa. Bobby stellte das Radio an, als sie losfuhren, und drehte am Sucher, bis irgendein Klassiksender aus San Antonio reinkam, auf dem Gottschalks *Nacht in den Tropen* lief.

»Manchmal höre ich dieses ernste Zeug ganz gern«, sagte Bobby. »Bläst mir die Moskitos aus der Birne.«

Die schwarze Seele

Sailor beugte sich übers Bett und küßte Lula über dem linken Ohr auf die Haare.

»Hallo, Liebling«, sagte sie. »Du hast getrunken, stimmt's?«

»Nur ein paar Bierchen. Fühlst du dich besser?«

Lula drehte sich auf den Rücken, streckte die Arme in die Luft und gähnte.

»Weiß nicht recht. Wo warst du denn?«

»Der Geruch ist fast weg. Der Essig hat tatsächlich geholfen.«

»Buddy und Sparky sind vorbeigekommen, als du weg warst.«

»Wie geht's ihnen?«

»Ganz gut, glaube ich. Sparky hat gesagt, Red hätte ihnen versprochen, daß sie bis zum Wochenende startklar wären.«

»Da sind sie ja bestimmt bester Laune.«

»Wo, sagtest du, bist du gewesen?«

»War mit Bobby unterwegs.«

Sailor ging ins Bad und wusch sich das Gesicht. Lula kam herein und setzte sich aufs Klo, um zu pinkeln.

»Hoffe, das stört dich nicht, Sail; ich konnte nicht warten. Und was treibt Mr. Peru-wie-das-Land?«

»Nichts Besonderes.«

»Viel Gutes hat der in seinem Leben bestimmt noch nicht angestellt.«

Sailor lachte. »Kann schon sein.«

»Sail?«

»Mhm?«

»Laß uns wegfahren von hier.«

»Das machen wir auch, Lula, so bald wie möglich.«

»Ich meine, morgen.«

»Wir haben noch ganze vierzig Piepen, Sweetheart. Damit kommen wir höchstens bis El Paso.«

»Besser wir sind in El Paso als in Big Tuna.«

Sailor ging aus dem Bad, zog die Kleider aus und legte sich ins Bett. Lula drückte die Klospülung und wusch sich Gesicht und Hände, dann kam sie heraus und nahm die Packung Zigaretten von der Kommode.

»Du solltest nicht rauchen, wenn du schwanger bist«, sagte Sailor. »Ist nicht sehr schlau.«

Lula steckte sich eine More zwischen die Lippen und zündete sie an. Sie nahm einen tiefen Zug, blies den Rauch aus und sah Sailor ins Gesicht.

»Wer sagt, daß ich schlau bin?« sagte sie. »Hast du was vor mit diesem Bobby Peru, Sailor?«

»Was sollte ich mit dem vorhaben?«

»Das ist ein knochenharter Krimineller, und du bist das nicht.«

Sailor lachte. »Ich hab Bob Ray Lemon umgebracht, oder etwa nicht?«

»Das war ein Unfall. Aber ich verwette meinen Kopf darauf, daß dieser Bobby Peru alle möglichen Leute umgelegt hat, und zwar mit eiskalter Berechnung.«

»Das war in Vietnam.«

»Er ist der Typ, dem so was auch noch Spaß macht.«

»Lula, ich muß unbedingt ein bißchen schlafen.«

»Buddy hat mir von dieser Sache in Cao Ben erzählt.«

»Was denn?«

»Ein Massaker war das. Die Soldaten haben Alte, Frauen und Babys ermordet und sie dann in einen Graben geworfen. Bobby Peru hat wahrscheinlich die meisten auf dem Gewissen.«

»Lula, vielleicht hat er das, ich weiß es nicht. Aber jetzt spielt das keine Rolle mehr. Eine Menge Jungs verlieren im Krieg die Kontrolle über sich, aber das ist nicht allein ihr Fehler.«

Lula sog heftig an der Zigarette.

»Das Rauchen macht mir echt Spaß, Sailor, wirklich ein Jammer, daß es einem so schadet.«

Sailor wandte sich von Lula ab, drehte sich auf seine Seite herum und zog sich ein Kissen über den Kopf.

»Diese Mexikanerin, Perdita Durango, die immer mit Bobby

Peru zusammen ist. Hast du gewußt, daß die ihr eigenes Baby ertränkt hat? Katy vom Drugstore hat's mir erzählt, als ich den Essig geholt hab.«

»Noch irgendwas in Erfahrung gebracht, was du mir erzählen mußt?«

»Dieser Mann hat eine schwarze Seele, Sailor. Wenn du dich mit dem einläßt, wirst du es bitter bereuen. Vorausgesetzt, du bist noch so lange am Leben.«

»Danke, Schatz. Du willst bestimmt nur mein Bestes, und das weiß ich echt zu schätzen. Ich lieb dich, aber trotzdem muß ich jetzt schlafen.«

Lula zündete sich eine neue More an der alten an und drückte die Kippe auf der Platte der Kommode aus.

»Scheiße«, murmelte sie, »Scheiße, Scheiße, Scheiße.«

Der Sinn des Lebens

»O.K., Sparky, hier hast du sie«, sagte Buddy und legte den Stift zurück auf die Theke. »Meine endgültigen zehn Lieblingsschlager, die Reihenfolge ist beliebig. ›Lucille‹ von Little Richard, ›Lonely Nights‹ von den *Hearts,* ›He is So Fine‹ von den *Chiffons,* ›Be My Baby‹ von den *Ronnetes,* ›Sea of Love‹ von Phil Phillips, ›High Blood Pressure‹ von *Huey-›Piano‹-Smith and The Clowns,* ›It's Rainin'‹ von Irma Thomas, ›You're no Good‹ von Betty Everett, ›I'd Rather go Blind‹ von Etta James und ›Sittin'‹ on The Dock of the Bay‹ von Otis Redding. Was meinst du dazu?«

»›Sea of Love‹ hat mir auch immer gefallen«, sagte Sparky. »Aber was ist mit ›My Pretty Quadroon‹ von Jerry Lee Lewis? Nein, ich mach nur Spaß. Aber im Ernst, wenigstens ›Breathless‹ könnte dabeisein. Wo ist Sam Cooke? Elvis? Chuck Berry? ›Just One Look‹ von Doris Troy? ›Stay‹ von Maurice Williams? ›I'm a King Bee‹ von Slim Harpo? Oder ›Little Darlin'‹ von den Gladiolas? ›If you Lose Me, You'll Lose a Good Thing‹ von Barbara Lynn? Marvin Gaye? Little Miss Cornshucks? Sugar Pie DeSanto? Wo sind die Beatles? Die Stones?«

»Können ja nicht alle unter den ersten zehn sein. Das sind eben die, die ich nehmen würde. Brauchen außer mir auch keinem zu gefallen. Außerdem stellt man diese Hitlisten sowieso nur zum Zeittotschlagen auf.«

Buddy und Sparky saßen im *Bottomley's Drugstore* und tranken Sprite. Draußen hatte es 45 Grad im Schatten.

»Nun seht euch mal das an«, sagte Katy, die hinter der Theke stand und die *San Antonio Light* vom Vortag in der Hand hielt. »Ich hab doch gewußt, eines Tages passiert ihm so was.«

»Um wen geht's denn?« fragte Buddy.

»Joe Don Looney, der Football-Spieler. Bester Verteidiger in der Geschichte des texanischen Schulsports. Hier, lest selbst.«

Sie reichte Buddy die Zeitung.

»Joe Don Looney tödlich verunglückt«, las Buddy vor. »Joe Don Looney, ehemaliger College- und Profi-Football-Spieler, der über die Kreise der Sportfans hinaus weithin für sein aufbrausendes Temperament berüchtigt war, kam einer Agenturmeldung zufolge am Samstag bei einem tragischen Motorradunfall im Südwesten von Texas ums Leben. Der fünfundvierzigjährige Looney, so das *Public Safety Department*, kam auf der State Highway 118 in einer Kurve von der Fahrbahn ab, wurde von seiner Maschine geschleudert und flog in einen Drahtzaun.«

»Genau wie Lawrence von Arabien«, sagte Sparky.

»Hab noch nie von einem Arabien, Texas, gehört«, sagte Katy.

»Der Unfall ereignete sich gegen acht Uhr dreißig morgens, etwa neun Meilen nördlich der Stadt Study Butte im ländlichen Brewster County. Looneys Tod wurde noch am Unfallort festgestellt. Looney war als Junge gerade erst ins *Texas Christian College* eingetreten, als er wegen seines Talents an das *Cameron Junior College* in Oklahoma geholt wurde.«

»Nachdem der Junge Texas verlassen hat, war sein Leben einfach nicht mehr dasselbe«, sagte Katy.

»Er wurde vom damaligen *Oklahoma*-Trainer Bud Wilkinson angeworben und stieg auf bis ins *All-Junior-College-All-Star-Team*. 1962 war Looney insgesamt 852 Yards mit dem Ball in der Hand vorgestürmt und wurde mit diesem Rekord für das *All-Big-Eight-Conference-Team* aufgestellt, doch kurze Zeit später forderte Wilkinson ihn auf, die *Sooners* wieder zu verlassen, weil es Disziplinprobleme gab. Looney gelang es, Wilkinson noch einmal umzustimmen, und er durfte bleiben. Nur ein Jahr darauf wurde Looney endgültig gefeuert, nachdem er den Trainer des *Oklahoma-University-Teams* beleidigt hatte.«

»Er war ein echter Rowdy«, sagte Katy.

»1963 wurde er bei der Aufstellung der *National Football League* gleich in der ersten Runde von den *New York Giants* ausgewählt. Bis zum Ende seiner Sportlerlaufbahn spielte er noch für drei weitere Profimannschaften, *Baltimore, Detroit* und *Washington.*«

Buddy klappte die Zeitung wieder zusammen und legte sie auf die Theke.

»Joe Don war eine Legende, als ich ein junges Mädchen war«, sagte Katy. »Und er sah umwerfend aus. Nur schlug er eben ständig über die Stränge.«

»Er ist nach Indien gegangen«, sagte Buddy, »zu einem Guru in die Lehre, und er wurde Vegetarier. Neulich gab es eine Sendung im Fernsehen, da haben die einen kurzen Bericht über Looney gebracht. In den Sechzigern hat er einen Haufen Drogen genommen, wie die meisten von uns, und in den Siebzigern ist er nach Indien abgehauen, hat einen Lehrer gefunden und sein Leben völlig umgekrempelt. Nach ein paar Jahren ist er zurück nach Texas gekommen und hat sich ein zehneckiges Haus in der Wüste gebaut. An jeder Wand hing ein Bild seines Gurus. Er hat allein gelebt und den ganzen Tag mit Beten zugebracht. Er hat sich seine eigene Spezialnahrung gekocht, im Zölibat gelebt und jede Art von Drogen oder Tabletten abgelehnt. Zu dem Fernsehreporter hat er gesagt, alles, was man ihm als Kind beigebracht hätte, nämlich ein harter, Steaks und Brathühner verschlingender Football-Spieler zu sein, sei von Grund auf falsch gewesen. Deshalb hätte er auch immer Probleme gehabt, weil er im Innersten nie davon überzeugt gewesen sei, daß das seine Bestimmung sein sollte.«

»Recht so«, sagte Sparky. »Immerhin hat er es noch rechtzeitig herausgefunden, bevor ihn ein Herzinfarkt wegen dem ganzen Fleisch und den Steroiden, mit denen sie seinen Körper vollgepumpt haben, dahingerafft hat.«

»Trotzdem: ein früher Tod war dem Jungen vorherbestimmt«, sagte Katy, »auf die eine oder andere Weise. Den Sinn des Lebens herausfinden und alles, das ist gut und schön, aber tot ist tot, versteht ihr, was ich meine?«

Freunde

»Nett, daß du mal vorbeischaust«, sagte Perdita.

Bobby ließ die Terrassentür hinter sich zufallen, als er eintrat.

»Hab doch gesagt, daß ich komme.«

Perdita setzte sich auf die Couch, schüttelte eine Marlboro aus der Packung auf dem Kaffeetisch und zündete sie mit einem roten Einwegfeuerzeug an. Bobby marschierte im Wohnzimmer auf und ab und ließ die Eisen an den Hacken und Spitzen seiner Stiefel laut über den Holzboden klacken.

»Noch böse?« fragte Bobby.

Perdita lachte. »Und du? Immer noch hinter Sechzehnjährigen her, die sich von dir in den Arsch ficken lassen?«

Bobby lächelte und zog weiter seine Kreise.

»Jedenfalls hat mir von den Teenies noch keine ein Messer vor den Bauch gehalten.«

»Hätte ich dich doch bloß ordentlich aufgeschlitzt!«

»Was von Tony gehört?«

»Juana hat angerufen. Sie bleiben noch eine Woche.«

Bobby blieb stehen und betrachtete ein Familienfoto, das an der Wand hing.

»Gönnen sich noch ein paar Tage mehr in dem Kuhdorf, was? Bist du das hier drauf?«

Perdita wandte den Kopf, um zu sehen, wen er meinte, und drehte sich wieder um.

»Ja.«

»Wie alt warst du denn da? Zwölf?«

»Fast. Elfeinhalb. Vor zehn Jahren in Corpus.«

»Mhm! Was für ein leckeres Ding mußt du da gewesen sein.«

»Damals hatte keiner was zu lecken.«

»Schade drum.«

Bobby beugte sich hinunter und legte von hinten seinen Kopf neben den von Perdita.

»Die Kobra ist sprungbereit, *Chica*«, sagte er.

Perdita schlug die Beine übereinander und rauchte. Bobby griff ihr in den Ausschnitt und nahm ihre Brüste in die Hände. Perdita tat so, als merkte sie nichts. Er rieb mit den Fingerspitzen ihre Brustwarzen, bis sie hart wurden. Da drückte sie ihm die brennende Zigarette auf den linken Handrücken.

Bobby machte einen Satz nach hinten, dann packte er Perdita an den Haaren und riß sie über die Couch auf den Boden. Keiner von beiden sagte ein Wort. Sie versuchte, sich zu erheben, aber Bobby stieg mit dem rechten Fuß auf ihre Brust und blies sich auf das verwundete Handgelenk. Perdita drückte sein Bein zur Seite weg, stand auf und spuckte ihm ins Gesicht.

Bobby grinste. »Ich wußte, wir würden wieder Freunde werden«, sagte er.

Der Schritt zu weit

Lula las in einer Zeitschrift einen Artikel über Evel Knievel, den Mann, der den Versuch unternommen hatte, mit einem raketenförmigen Motorrad über den tausend Meter breiten und zweihundert Meter tiefen Snake River Canyon zu springen; er hatte es bereits über einen fünfzig Meter hohen Springbrunnen vor einem Casino-Hotel in Las Vegas geschafft sowie über dreizehn Doppeldeckerbusse in London und ein Wasserbecken voller Haie in den Stockyards von Chicago. Etliche andere motorisierte Ruhmestaten gingen ebenfalls auf seine Rechnung. Am Snake River war Knievel gegen eine Felswand gekracht. Alles in allem hatte er mindestens vierzig Knochenbrüche eingesteckt, darunter beide Arme und das Becken, und, nicht zu vergessen, die unzähligen Gehirnerschütterungen. Knievel habe mehr als ein Dutzend Stahlplatten im Körper, hieß es in dem Artikel, und müsse jetzt, da nach der letzten Operation ein Bein kürzer sei als das andere, am Stock gehen. Der habe die Form eines Schwertes und einen Griff aus purem Gold, stand in der Zeitung.

Patsy Cline kam durch einen tragischen Unfall ums Leben, als sie noch ziemlich jung war, fiel Lula ein. Patsy war immer in diesen gedehnten Singsang verfallen, wenn es in ihren Texten um irgendwelche Verrücktheiten ging. Aber dieses teuflische Unternehmen von Knievel ging wirklich einen Schritt zu weit.

Bobbys schwarzer Tag

»Hier, nimm das«, sagte Bobby Peru und hielt Sailor eine Plastikpackung hin.

»Was ist das?«

»Seidenstrumpfhosen. Die sind besser als Strümpfe. Ein Hosenbein ziehst du dir übers Gesicht und das andere läßt du nach hinten runterhängen.«

Sie waren in Bobbys Eldorado in Iraaq, noch ungefähr zwei Straßen von der Tierfutterhandlung Ramos entfernt. Perdita saß am Steuer, Bobby neben ihr und Sailor auf dem Rücksitz. Das Verdeck hatten sie geschlossen.

»Hier ist die Pistole«, sagte Bobby, zog die Smith & Wesson aus dem Gürtel und gab sie Sailor. »Vergiß nicht, sobald wir reinkommen, hältst du das Baby hoch, so daß diese Bauernschädel es sehen können. Wenn sie die Ithaca und die Smith erst erblickt haben, merken sie, daß wir keinen Spaß machen.«

Perdita warf die Zigarette aus dem Fenster und zündete sich mit dem Zigarettenanzünder sofort eine neue an.

»Wir sind gleich da, Bobby«, sagte sie.

Bobby stülpte sich die Strumpfhose über und zog sie zurecht. Sein Gesicht sah scheußlich aus, völlig deformiert, die Lippen platt wie Pfannkuchen über das halbe Kinn verteilt, die Haare wie abgebrochene Zähne von einem Kamm an der Stirn klebend.

»Komm jetzt!« flüsterte Bobby halblaut, und sein Kopf schnellte zu Sailor herum wie eine Viper, die sich auf ihr Opfer stürzt. »Drüber mit der Maske!«

Sailor riß die Packung auf und zog sich ein Nylonbein über den Kopf. Dann zupfte er an der Wade, damit sie gut saß.

Perdita hielt vor dem Ladeneingang. Die Straße war wie ausgestorben.

»Laß den Motor laufen, *Chiquita*. Wir brauchen nicht lang«, sagte Bobby.

Es war zwei Uhr nachmittags, und die Sonne stand hoch am Himmel. Als Sailor ausstieg, spürte er zum ersten Mal an dem Tag die ungeheure Hitze. Bis dahin war er völlig taub gewesen. Die vorangegangenen Stunden waren für ihn wie in Trance vergangen, weder die Temperatur noch irgend etwas anderes hatte er gespürt. Allein die Uhrzeit hatte er im Kopf gehabt. Punkt vierzehn Uhr würden sie reingehen, hatte Bobby gesagt. Und genau dreieinhalb Minuten später wären sie wieder draußen, hatte er ihm versprochen, mit irgendwas in der Größenordnung von fünftausend Dollar.

Bobby ging zuerst rein, mit einer schwarzen Sundog-Schultertasche aus Leinen in der linken Hand. Mit der Rechten hob er das abgesägte Gewehr hoch und sagte mit fester Stimme zu den zwei Männern hinter dem Ladentisch: »Zurück ins Hinterzimmer, beide, sofort!«

Sie taten, was er sagte. Die beiden waren Mitte Fünfzig, wohlgenährt, trugen Nickelbrillen und hatten Halbglatzen; sie sahen aus wie Brüder.

»Bleib hier«, sagte Bobby zu Sailor und folgte den beiden. »Behalt die Tür im Auge. Wenn jemand reinkommt, treibst du ihn schnell zu mir nach hinten.«

Sailor hielt die Smith hoch in die Luft, damit Bobby sie sehen konnte, wenn er sich umdrehte. Dann hörte er von hinten, wie Bobby einen der Männer aufforderte, den Safe zu öffnen. Von den Männern hatte bisher keiner ein Wort gesagt, soviel Sailor mitbekam.

Ein Iguana-County-Hilfssheriff fuhr in einem Streifenwagen vorbei und hielt vor dem Eldorado, der mit laufendem Motor dastand. Der Gesetzeshüter stieg aus und kam auf die Fahrerseite des Cadillac. Er sah Perdita durch seine verspiegelte Pilotenbrille an, lächelte und legte beide Hände auf das Wagendach.

»Warten Sie auf jemand, Miss?« sagte er.

»*Mi esposo*«, sagte Perdita. »Er ist in der Futterhandlung, ein paar Besorgungen machen.«

»Passen Sie auf Ihre Zigarette auf, Madam. Gleich verbrennt sie Ihnen die Finger.«

Perdita drückte ihre Marlboro im Aschenbecher aus.

»*Gracias*, Sheriff.«

Bobby kam aus dem Laden gerannt, die Strumpfhose immer noch über dem Kopf, in einer Hand die Schultertasche, in der anderen das Gewehr. Perdita rammte den Schalthebel in den Rückwärtsgang und ließ die Reifen quietschen, der Sheriff fiel rückwärts zu Boden. Sie stieg bis zum Anschlag auf das Gaspedal. Nach fünfzig Metern rückwärts machte sie eine Vollbremsung, legte blitzschnell den Vorwärtsgang ein und vollführte eine halsbrecherische Kehrtwendung. Sie schlingerte einen Moment lang gefährlich, bekam den Wagen dann aber unter Kontrolle, trat das Gaspedal wieder voll durch und raste davon, ohne sich umzusehen.

Der Polizist hatte sich auf ein Knie hochgerappelt und hielt seinen Revolver mit beiden Händen. Mit dem ersten Schuß traf er Bobby am rechten Oberschenkel, der zweite ging in die linke Hüfte. Beim Einschlag des ersten ließ Bobby die Tasche fallen. Beim zweiten warf es ihm den rechten Arm zur Seite, so daß das Gewehr mit beiden Läufen unter sein Kinn kam. Die Ithaca ging los, und Bobby flog rückwärts durch das Schaufenster der Futterhandlung, direkt in die Aufschrift RAMOS.

Sailor war genau hinter Bobby gewesen, als er sah, wie Perdita abzischte. Im selben Augenblick, als er den Polizisten sah, ließ Sailor sich zu Boden fallen, wobei er die Smith & Wesson verlor. Er hielt die Hände über den bestrumpften Kopf und blieb mit dem Gesicht so lange im Dreck liegen, bis der Polizist ihn aufforderte aufzustehen.

Mariettas Augenstern

»Hallo, Maceo, hier ist Johnnie.«

»Gut, daß du anrufst, alter Junge. Bist du immer noch östlich von El Paso?«

»Wir sind im *Best-Western-Motel* in Fort Stockton.«

»Dann könnt ihr in ungefähr zwei Stunden bei Lula sein. Hab grade in den Nachrichten gehört, daß Sailor Ripley und noch ein anderer versucht haben, eine Tierfutterhandlung in Iraaq auszurauben. Sie halten Ripley im Iguana-County-Gefängnis in Big Tuna fest. Den anderen hat der Hilfssheriff offenbar erschossen.«

»Danke dir, Maceo. Wir sprechen uns wieder.«

»Keine Ursache.«

Lula saß auf einer Bank im Wartesaal des Gerichtsgebäudes von Iguana County, als Johnnie und Marietta hereinkamen. Kaum hatte sie Lula entdeckt, stürzte Marietta auf sie zu, setzte sich neben sie auf die Bank, schlang die Arme um sie und küßte sie.

»O Baby, ich hab schon geglaubt, ich würde dich nie mehr wiedersehen.«

Tränen kullerten über Mariettas Wangen. Sie drückte Lula fest an sich, und Lula wehrte sich nicht dagegen.

»Mein Herzblatt, das tut mir alles so leid. Ich weiß, du denkst, ich bin eine verrückte alte Frau, aber ich hab mir solche Sorgen gemacht.«

»Du bist nicht alt, Mama. Hallo, Johnnie.«

»Hallo, Lula. Hältst du durch?«

»Ich bin müde, einfach nur hundemüde.«

»Du kommst mit nach Hause, Liebes«, sagte Marietta. »Es wird alles gut. Johnnie fährt uns nach San Antonio zum Flughafen.«

»Mama, Sailor steckt schrecklich in Schwierigkeiten«, sagte

Lula und löste sich aus Mariettas Umarmung. »Ich kann ihn nicht einfach allein lassen.«

Marietta faßte Lula an den Schultern und sah ihr tief in die Augen. Lulas Augen waren blutunterlaufen, ihre Haare fettig und strähnig und ihre Wangen blaß.

»O ja, das kannst du sehr wohl«, sagte Marietta.

Lulas Brief

Sailor Ripley
#461208
Walls Unit
Huntsville, Texas 77340

Liebster Sailor, mein Schatz,

was Dich am meisten interessieren wird, ich behalte das Baby. Mama war erst dagegen, aber ich glaube, jetzt freut sie sich drauf. Ich werde es Pace nennen, egal, ob's ein Junge oder ein Mädchen wird. Pace Ripley klingt doch schön, oder? Irgendwie fällt's mir schwer, mir vorzustellen, daß Pace schon zehn ist, wenn Du rauskommst.

Was soll ich Dir noch erzählen? Es geht mir gut, bei Mama zu sein ist gar nicht so schlimm. Ich glaube, als wir einfach so abgehauen sind, das hat ihr einen ganz schönen Schrecken eingejagt, jetzt hat sie einen viel größeren Respekt vor mir. Sie schimpft nicht mal mehr über Dich, oder wenigstens nicht so oft. Ich hab ihr erklärt, daß Du Dir eben Sorgen gemacht hast wegen uns, so ohne Geld und dann auch noch ein Baby zu haben und alles, und daß das natürlich keine Rechtfertigung für einen Raubüberfall ist, aber daß es nun mal geschehen ist.

Hoffentlich ist es nicht zu schlimm für Dich, wieder hinter Gittern zu sein. Geht es in einem texanischen Gefängnis anders zu als im Pee Dee? Ich wette, es ist nicht halb so schön. Der Arzt hat gesagt, ich muß die ganze Schwangerschaft über daheim bleiben. Das Baby liegt irgendwie nicht ganz richtig in meinem Bauch, aber wenn ich mich ruhig halte und nicht rauche und richtig esse, wofür Mama und ihre Freundin Dalceda Delahoussaye sorgen, dann kann gar nichts schiefgehen, hat er gemeint. Das Nichtrauchen ist echt eine Qual. Meine Mores fehlen mir wirklich sehr!!! Ich fühl mich irgendwie auch wie in einem Gefängnis, aber immerhin weiß ich, daß es in sechs Monaten vorbei ist, und dann hab ich einen Sohn oder eine Tochter, da hat sich die Mühe gelohnt. *Unser* Kind!!

Haben sie Perdita Durango eigentlich geschnappt? Ich wette, die ist inzwischen irgendwo in Mexiko, wo ihr die Behörden nichts anhaben können. Ehrlich gesagt habe ich kein bißchen Mitleid mit Bobby Peru, daß er erschossen wurde und so. Er hat zu den Typen gehört, bei denen man spürt, daß sie irgendwann so enden, und er hat ja auch schon genügend Morde auf dem Gewissen, wie wir wissen. Weißt Du noch, einmal hab ich gesagt, er hätte eine schwarze Seele? Also er ist garantiert nicht im Himmel. Und wenn er's ist, dann will ich da nie hin!

Es war super von Dir, Dich so zu ergeben, wie Du's getan hast, und nicht zu versuchen, Dir den Weg freizuschießen. Dann wärst Du jetzt auch tot und könntest nie Pace sehen. Hoffentlich gefällt Dir der Name, Sailor, wenn nicht, sag's mir, dann überleg ich weiter, aber ich find ihn schön, und ich hoffe, Du auch.

Ich werd mich jetzt ein bißchen hinlegen. Du denkst bestimmt, ich hab doch schon dort im *Iguana Hotel* am Schluß soviel geschlafen und jetzt schlaf ich immer noch soviel, aber der Doktor hat gesagt, es gibt eben Frauen, die in der Schwangerschaft dauernd müde sind, und zu denen gehöre ich wohl. Ich lieb Dich, Sailor. Ich weiß nicht, wie sehr und was es bedeutet, aber Du fehlst mir ganz oft, und manchmal weiß ich genau, daß Du grade an mich denkst, das fühl ich richtig. Das Zusammensein mit Dir geht mir sehr ab. Du warst der einzige, der mich je Peanut genannt hat.

Also dann, ich muß mich wieder hinlegen. Es ist gar nicht so einfach, Dir zu schreiben, wenigstens nicht so wie früher, als Du im Pee Dee warst, das war nur für zwei Jahre, nicht gleich zehn. Die Zeit vergeht nicht grade im Flug, was?

In Liebe,
Deine Lula

Sailors Brief

Lula P. Fortune
127 Reeves Avenue
Bay St. Clement, N.C. 28352

Liebe Lula,

mit dem Baby bin ich einverstanden, das weißt Du ja schon. Und Pace, der Name Deiner Familie, paßt auch gut. Wie wär's mit einem Mittelnamen nach meinem Großvater Roscoe, wenn's ein Junge wird? Er wäre stolz drauf, das weiß ich, auch wenn er schon längst tot ist. Pace Roscoe Ripley klingt doch gar nicht schlecht, oder? Wenn es ein Mädchen wird, such Du einen Namen aus, mir ist es egal. Kannst es auch lassen, ohne Mittelname ist auch o.k. Oder nimm den von Deiner Mutter, Marietta. Wie immer Du meinst. Bleib nur gesund.

Du hast recht, es ist lang nicht so schön hier wie im Pee Dee. Überhaupt nicht schön. In diesen Mauern gibt es Jungs, die sind um einiges schlimmer als Peru, darauf kannst du wetten. Es gibt auch ein Haus mit Todeskandidaten. Ich komm soweit klar. Das einzig Schwierige ist, nicht an die Zukunft zu denken. Du hast vollkommen recht, zehn Jahre, das ist was anderes als zwei. Das Baby wird zehn sein, aber ich schon dreiunddreißig. Es gibt immer die Chance, auf Bewährung rauszukommen, obwohl ich die wahrscheinlich verspielt habe mit meiner Vorstrafe und dadurch, daß ich durchgebrannt bin. Ich bin nicht gerade der, mit dem sie es riskieren wollen.

Ich hab keine Ahnung, was mit Perdita passiert ist. Sie ist verschwunden, wie Du vermutet hast. Sie ist ein seltsamer Mensch; ich hab sie kaum gekannt. Sag Deiner Mama, daß mir alles, was passiert ist, wahnsinnig leid tut und daß das letzte, was ich mir wünsche, ist, daß Dir irgend etwas zustößt. Du wirst immer ihre

Tochter sein, aber wenn Du einverstanden bist, möchte ich Dich gerne, noch während ich hier drin bin, heiraten. Es läßt sich machen, ich hab mich schon erkundigt. Der Priester würde es übernehmen. Ich weiß, daß Du nicht weg darfst von zu Hause. Aber vielleicht könntest Du herkommen, wenn das Baby da ist.

Schreib oft, Peanut! Um fünf bin ich immer in der Wäscherei. Da gibt es Autozeitschriften und einen Fernseher. Ansonsten ist die Post alles, was ich habe.

Ich lieb Dich. Es ist schwer, den Brief zu beenden. Wenn ich zu schreiben aufhöre, bist Du weg. Aber es gibt nicht viel mehr zu berichten. *Vaya con dios mi amor!*

Sailor

Ritardando

»Ich fahr doch, Mama. Ich muß einfach hin.«

»Pace nimmst du aber nicht mit.«

»Natürlich kommt er mit, Mama.«

Marietta seufzte. »Wann kommt Sailors Bus an?«

»Um sechs.«

Weder Marietta noch Lula sagten etwas, mindestens eine halbe Minute lang.

Schließlich fragte Marietta: »Hast du schon was Bestimmtes vor?«

»Ich schätze, wir gehen irgendwo essen. Vielleicht ein Grillrestaurant drüben Richtung Grenze. Das *Havana-Brown-Pig-Pikkin* hat Sailor immer gemocht.«

»Sei bloß vorsichtig mit dem Jungen, Lula.«

»Sailor ist kein kleiner Junge mehr, Mama. Er ist dreiunddreißig Jahre alt.«

»Ich meine doch nicht ihn«, sagte Marietta. »Um Pace mache ich mir Sorgen.«

»Wirklich, Mama, ich muß jetzt los.«

»Ich bin bei Dal, wenn du mich brauchst, Liebling.«

»Grüß sie von mir. Ich muß los. Bis später.«

»Wiedersehen, Lula. Ich liebe dich.«

»Ich dich auch.«

Marietta legte als erste auf. Lula war froh, daß sie sie nicht ein zweites Mal darum gebeten hatte, vorsichtig zu sein.

»Pace, bist du soweit, Liebling?«

Der Junge kam aus der Küche und hatte einen Schokoriegel in der Hand. Lula stand von der Couch auf und sah in den Wandspiegel. »Du sollst doch jetzt keine Süßigkeiten mehr essen.«

»Nur ein Mounds, Mama.«

Lula richtete sich die Frisur, nahm ihre Handtasche und ging zur Tür.

»Komm, Baby«, sagte sie.

Pace saß auf dem Rücksitz im Wagen und fragte: »Wie sollen wir wissen, wie er aussieht?«

Lula nahm die weite Linkskurve in den Jeff-Davis-Highway hinein, ohne den Blinker zu setzen. Ein weißer Thunderbird auf der Gegenfahrbahn mußte eine Vollbremsung machen, um einen Zusammenstoß zu verhindern. Der Fahrer des Thunderbird drückte auf die Hupe und brüllte Lula an.

»Mama, du hast fast einen Unfall gebaut.«

Lula hielt das Lenkrad ihres Camaro mit dem linken Ellbogen, während sie sich mit einem Streichholz eine More anzündete. Sie warf das Streichholz aus dem Fenster, hielt die Zigarette mit den Zähnen und griff mit beiden Händen ans Steuer.

»Mach mich jetzt bitte nicht nervös, Pace. So einen schweren Tag wie heut hab ich sowieso schon lange nicht gehabt. Was meinst du überhaupt damit, woher wir wissen sollen, wie dein Daddy aussieht? Du hast doch sein Foto gesehen.«

»Und wie erkennt er uns? Hat er auch ein Foto gesehen?«

Lula zog ein paarmal heftig an ihrer More, dann nahm sie sie aus dem Mund, und sie fiel ihr runter.

»Scheiße, Kind! Schau, was mir jetzt passiert ist wegen dir.«

»Was hab ich denn getan?«

Lula tastete mit einer Hand den Boden ab, bis sie die Zigarette wiederfand.

»Nichts, Liebling«, sagte Lula und drückte die Kippe im Aschenbecher aus. »Mama ist nur ein bißchen runter mit den Nerven heute.«

»Du hast keine Nerven, Mama.«

»Pace Roscoe Ripley, was hast du nur wieder für ein vorlautes Mundwerk.«

»Grandma verliert immer die Nerven.«

Lula wußte nicht, ob sie lachen sollte oder so tun, als sei sie wütend.

»Wo hast du denn das her?«

»Von Onkel Johnnie.«

Lula lachte. »Na, dann muß es ja wohl stimmen«, sagte sie.

»Ich weiß immer noch nicht, wie mein Daddy eigentlich aussieht.«

»Genau wie du, Liebling. Du und dein Daddy, ihr habt denselben Mund, dieselben Augen und Ohren und dieselbe Nase. Der einzige Unterschied ist, deine Haare sind schwarz, wie meine.«

Es fing an zu regnen, und Lula schaltete die Scheibenwischer ein, kurbelte das Fenster hoch und drehte die Klimaanlage an.

»Mein Daddy hat niemanden umgebracht, oder, Mama?«

»Natürlich hat er niemanden umgebracht. Wer hat das behauptet, Pace?«

»Das hab ich gehört, als Onkel Johnnie und Großmama miteinander geredet haben.«

»Und weiter?«

»Großmama hat gesagt, daß Sailor einen Mann ermordet hat.«

»Falsch, Baby. Dein Daddy ist kein Mörder. Da hast du Großmama falsch verstanden. Er hat ein paar Fehler in seinem Leben gemacht, das ist alles. Dein Daddy hat nicht immer Glück gehabt.«

Pace lehnte sich nach vorne über den Beifahrersitz und drehte das Fenster herunter, so daß es hereinregnete.

»Pace, mach sofort wieder zu! Der Sitz wird ganz naß.«

»Ich mag den Regen, Mama, er dampft so schön.«

Lula beugte sich hinüber und kurbelte das Fenster wieder hinauf.

»Wir sind gleich am Busbahnhof. Eine Minute mußt du noch sitzen bleiben.«

Lula stellte den Wagen auf dem Trailways Parkplatz ab und schaltete den Motor aus. Sie blieb sitzen und starrte auf das blaue Blinken des Neonschilds an der Busstation, das sich über den strähnigen, grauen Himmel quälte und in einem schmierigen Streifen auf die Windschutzscheibe fiel.

»Warum bleiben wir sitzen, Mama?«

»Ich denk nur einen Moment nach, Baby. Irgendwas hat mich grade an einen Platz erinnert, an dem ich mal mit deinem Daddy war.«

»Wo denn?«

»In einem alten Hotel am Ende eines Flusses.«

Lula durchfuhr ein Schauer, und ohne nachzudenken ließ sie die rechte Hand in ihre Bluse gleiten und streichelte sich über die linke Brust.

»Mama, es ist heiß.«

Lula machte die Tür auf, und sie und Pace stiegen aus. Sie hielten sich an der Hand, als sie durch den warmen Regen hinüber zur Busstation gingen. Auf der großen Uhr an der Seite des Gebäudes war es zehn Minuten nach sechs.

»Ich hab Angst, Mama.«

»Warum denn, Liebling?«

»Was ist, wenn Daddy mich nicht mag? Vielleicht gefallen ihm meine schwarzen Haare nicht?«

»Pace, dein Daddy würde dich sogar lieben, wenn du überhaupt keine Haare auf dem Kopf hättest.«

Lula erblickte Sailor sofort, als sie die Tür aufmachte. Er saß an der gegenüberliegenden Wand auf einem orangefarbenen Plastikstuhl und rauchte eine Zigarette.

»Immer noch eine Schwäche für Camels, was?« sagte Lula zu ihm.

Sailor lächelte. »Die erste Schachtel Maßgeschneiderte seit langem«, sagte er.

Er stand auf und sah zu Pace hinunter, der immer noch Lulas Hand hielt. Sailor streckte die rechte Hand aus.

»Du mußt mein Sohn sein«, sagte er.

»Gib deinem Daddy die Hand«, sagte Lula.

Pace ließ Lulas Hand los und hielt die seine Sailor hin. Sailor nahm sie mit einem sanften, aber festen Griff, drückte sie und ließ los.

»Freut mich, dich kennenzulernen, Pace, hab ne Menge über dich gelesen.«

Sailor sah zu Lula. Ihre Augen waren mit Tränen gefüllt, und sie ließ sie laufen.

»Ein Glück, daß es regnet«, sagte sie. »Da merkt keiner den Unterschied.«

nicht ganz sauber vorkommt, denk dran, was Pancho zu Cisco Kid gesagt hat: ›Laß uns gehen, bevor wir ohne Musik am Ende eines Seils tanzen.‹«

Sailor reckte sich wieder auf und schaute Lula an. Ihr langes schwarzes Haar war vom Regen verklebt, und das Augen-Make-up lief in dunklen Striemen über ihr Gesicht.

»Du bist ganz gut ohne mich zurechtgekommen, Peanut. Machen wir uns das Leben nicht schwerer, als es ist!«

Er nahm den Koffer, küßte Lula sanft auf die Lippen und machte sich auf den Weg. Sie ließ ihn gehen.

»Das macht niemandem außer mir was aus«, sagte Sailor.

Lula zwang sich zu einem Lächeln. »Hast du Hunger? Pace und ich haben noch nicht zu Abend gegessen.«

»Du übernimmst die Führung!«

Sailor nahm seinen schwarzen Metallkoffer und folgte den beiden nach draußen.

»Kein Cabrio, hm?« sagte Sailor, als Lula am Steuer saß.

Lula wollte etwas antworten, zögerte dann aber. Sie schaute starr geradeaus und hielt sich am Lenkrad fest. Plötzlich fuhr sie rechts ran, stellte den Motor ab und stieg aus.

»Was ist los, Mama?« sagte Pace.

»Keine Sorge, mein Sohn«, sagte Sailor, indem er sich zu ihm umdrehte und ihm über den Kopf strich. »Bleib ruhig sitzen.«

Sailor stieg aus und ging hinüber zu Lula, die gegen die Kühlerhaube gelehnt dastand.

»Tut mir leid, Sailor. Ich kann nichts dafür. Gib mir eine Minute, es ist gleich wieder vorbei.«

»Der Junge hat Angst, Lula. Das ist nicht gut.«

»Wirklich, Sail, ich bin o.k. Schau, jetzt ist es nur noch der Regen.«

»Es ist nicht recht so, Liebling. Ihr zwei fahrt weiter. Ich werde zu Fuß zurück zum Bahnhof gehen.«

»Was redest du da? Das ist dein Sohn da drin.«

Sailor lächelte. »Er kennt mich doch gar nicht, Lula, da braucht er nicht viel zu vergessen. Wir haben uns jetzt zehn Jahre nicht gesehen, für uns ist es auch einfacher so. Glaub mir, es ist das beste.«

»Wie kannst du so was sagen, Sailor?«

»Weil es stimmt, es ist so.«

Sailor ging zur Fahrerseite, beugte sich durchs Fenster und zog den Schlüssel ab. Er sperrte den Kofferraum auf, holte seinen Koffer heraus und schloß den Deckel wieder.

»Tu das nicht, Sailor, bitte«, sagte Lula.

Sailor ließ die Schlüssel in ihre Manteltasche fallen und lehnte sich noch mal ins Wageninnere.

»Hör mal, *amigo*«, sagte er zu Pace. »Wenn dir jemals etwas